KB167479

부산경찰서
폭파의거

박 재 혁

안 덕 자 지음

적의 심장에
폭탄을 던져라

1

자성대에 부는 봄바람

오월, 암녹색을 띠던 겨울소나무는 물이 올라 새순이
돋고 윤기가 흘렀다. 앙상하기만 했던 관목들도 잎이
무성해지기 시작했다. 그 사이로 새들이 지저귀며 봄날
을 즐기고 있었다. 자성대 주변을 감싸고 있는 따사로
운 볕은 움츠려 있던 나무들과 농부들에게 기운을 북돋
아 주었다. 해마다 바닷길을 잘 헤쳐나갈 수 있도록 제
사를 지내는 영가대 주변에도 봄기운이 물씬 풍기는 날
이었다. 자성대에서 내려다보이는 바다는 파도조차 잠
잠하고 여유로웠다. 배를 저어 물건을 옮기는 사람들
이 언뜻언뜻 보였다. 저 멀리에는 갈매기 떼가 갈대숲
을 헤집기도 하고 배 위를 날아다니고 있었다. 마을로
불어오는 마파람은 갯내음을 가득 담고 자성대 둘레에
올망졸망 기대어 있는 마을 곳곳으로 스며들었다. 골목
어느 집에서 아기 울음소리가 우렁차게 들렸다.

　"아이고 떡두꺼비 같은 아들이요 아들."

　방에서 아기를 받아 안은 산파가 밖을 향해 기쁜 소식을

알렸다.

"이목구비도 또렷하고 머리숱도 많고 주먹은 얼마나 불끈 쥐고 있는지 힘이 장사요. 집안을 위해서 아니, 나라를 위해서 한몫하겠는 걸."

마당에서 초조하게 기다리던 아버지는 동네 사람들 앞에서 덩실덩실 춤이라도 추고 싶었다. 밖에까지 우렁찬 울음소리가 퍼지는 걸 들은 아버지는 세상을 다 얻은 것 같았다.

"손이 귀한 우리 집에 이런 경사가 있다니!"

아버지는 말을 잇지 못하였다. 힘들게 아기를 낳은 아내에게도 고마웠다. 아버지는 아기에게 재혁이라는 이름을 지어주었다.

이렇게 박재혁은 1895년 5월 17일, 온 누리에 따뜻한 햇볕이 쏟아지던 날, 아버지 박희선, 어머니 이치수의 사이에서 3대 독자로 태어났다. 아버지는 만물이 소생하는 따뜻한 봄날에 아들이 태어나 기뻤다. 어수선한 나라에서 태어난 아들이 잘 자랄까 걱정이 되었지만 봄날 새싹 자라나듯 잘 크기를 간절히 바랐다.

재혁이 태어나고 며칠 뒤, 재혁의 집 앞에 쌀가마니를 실은 소달구지가 멈추어 섰다.

"어르신 안에 계십니까?"

조금 뒤, 재혁 아버지가 문을 열고 나왔다.

"아니, 자네? 또 왔는가?"

아버지는 소달구지에 가득 실려 있는 쌀가마니를 보며 말했다.

"또 쌀을? 이제는 괜찮다고 전하라 하지 않았는가?"

"예, 저도 그리 전했습니다만, 어르신 몸이 그리된 것도 당신 탓이라 하시면서…. 득남하셨다는 소식에 얼마나 기뻐하시던지요. 이렇게 미역까지 챙겨주셨습니다. 먼 길이라 얼른 들여놓고 가보겠습니다."

"이젠 내 걱정 말고 나라 걱정만 하라고 하시게."

"예, 그리 전하겠습니다. 그리고 어르신 논에서 나오는 나락은 추수해 뒀다가 보내신다 하더이다."

"허허허, 내가 부자 친구 덕을 톡톡히 보는구만."

재혁의 집에는 이렇게 간간히 쌀가마니가 들어오곤 했다. 가끔씩 먼 곳에서 드나드는 사람들은 재혁 아버지에게 깍듯이 예를 갖추었다. 부산진으로 이사를 온 뒤로는 아무에게도 전에 어떤 삶을 살았는지 말하지 않았다. 아버지는 어렸을 때 우리나라가 일본과 강화도 조약을 맺은 것이 불평등한 조약이라고 어른들에게 들으며 자랐다. 점점 일본이 우리나라를 손아귀에 넣으려는 야욕을 보며 앞날을 걱정했다. 그러나 어렵게 얻은 귀한 아들이 태어나고부터는 집안 걱정이 앞설 수밖에 없었다. 그러는 동안 아기 재혁은 아버지의 지극한 사랑과 어머니 젖을 먹고 무럭무럭 자랐다. 집안은 그리 넉넉한 편은 아니었지만 옛 인연들 덕분으로 먹고살기에는 부족함이 없었다. 어머니와 아버지는 재혁에게 모든 정성을 쏟았다. 나라의 장래를 위해서라도 아들을 잘 키우려고 했다.

재혁이 태어나기 1년 전, 전라도 고부에서 동학농민운동이 일어나 삽시간에 전국으로 퍼져 나갔다. 이런 시기에 부산은 개항 이후 많은 일본인들이 들어와 사는 일본인 거류지가 있었다. 이들을 지키는 수비대들은 우리 농민군들이 자기네를 해칠까 눈에 불을 켜고 지키고 있었다. 이들은 피해는 입지 않았으나 우리 농민군을 두려워했다.

재혁이 태어나 백일이 지나고 얼마 되지 않아 나라에는 또 큰일이 일어나고 말았다. 우리나라를 집어삼키려는 야욕에 불타있던 일본은 눈엣가시처럼 여기던 명성황후를 시해하고 말았다. 1895년 10월 8일 새벽, 일본 공사는 일본군과 일본인 불량배를 동원하여 명성황후를 시해하고 불까지 지르는 끔찍한 만행을 저질렀다. 이는 러시아, 프랑스, 독일이 나서서 청일전쟁 때 빼앗은 요동반도를 청나라에 돌려주라고 압박하자 일본은 굴복하여 청나라에 요동반도를 넘겨주게 되었다. 그 뒤, 명성황후가 러시아와 손을 잡자 위기감을 느낀 일본은 야비한 방법으로 명성황후를 시해한 것이다. 이 시해 사건을 을미사변이라고 부른다. 곧 일본은 김홍집을 내세워 친일내각을 만들었다. 을미개혁까지 하려 하자 나라는 더 혼란스러워지고 말았다. 곳곳에서 아우성이 들렸다.

"나쁜 놈들, 겉으로는 우리를 위하는 척하지만 안으로는 우리나라를 침략하였을 때 통치를 쉽게 하려고 일본과 동일하게 만들려는 수작 아니냐!"

급기야 단발령이 실시되자 백성들은 폭발하고 말았다. 곳곳에서 항일의병이 일어났다. 이를 을미의병이라 부르는데 의병을 일으킨 사람들은 일본의 침략을 경계한 유학자들과 농민들이었다. 아버지는 밀양, 양산, 기장 쪽에서 일어났던 의병 활동 이야기, 그리고 최익현 의병장에 대해 자주 말씀하시곤 하였다. 이렇게 재혁은 자라면서 아버지로부터 일본이 저지른 만행과 우리 나라를 지켜내려는 의병들에 대하여 듣고 자랐다. 차츰 차츰 나라를 사랑하는 마음이 자기도 모르게 싹이 트고 있었다. 그러나 우리나라는 일본의 손아귀에서 벗어나려고 많은 애를 썼지만 점점 미궁 속으로 빠져들고 있었다. 재혁이 세 살이 되자 고종은 나라 이름을 조선에서 대한제국으로 바꾸었다. 여기에는 우리 스스로의 힘으로 근대 국가로 탈바꿈하려는 고종의 열망이 담겨있었다.

1890년대 자성대 성과 주변 모습

2

나랏빚이 얼마이기에

재혁이 점점 자라서 말도 따라 하고 아버지가 글을 읽을 때는 다가와 책을 만지작거리곤 했다. 아버지 방에 들어가기만 하면 경서 통에 꽂혀있는 죽간을 가지고 놀았다. 젓가락 모양의 죽간을 방바닥에 다 쏟아 놓고는 하나하나 다시 통에 꽂는 놀이를 하곤 했다. 그런데 이제는 죽간에 적힌 글자가 눈에 들어오기 시작했다. 그중 하나를 들고 아버지에게 물었다.

"아버지, 이 젓가락에 적힌 게 무엇입니까?"

"어디 보자, 학이시습지 불역열호. 배우고 때로 익히면 기쁘지 아니한가! 우리 혁이도 이제는 글을 배우고 싶은 게로구나."

"아버지 저도 책 읽고 싶습니다. 저에게도 글을 가르쳐 주십시오."

재혁이 그런 말을 하자 아버지는 기뻐하였다. 아버지로부터 집에서 조금씩 한글과 한문을 배웠다. 공부하다가 집 뒤에 있는 자성대로 가 산책을 했다. 올라가는 야트막한 언덕에는 나무들이 많아 제법 새소리도 들렸다. 성을 다 올라가면 넓은 바다가 한눈에 들어왔다. 집에서 거의 글만 읽는 아버지는 날마다 재혁을 데리고 마을 주변을 산책하곤 했다. 재혁은 아버지 손을 잡고 자성대에서 조금 떨어진 언덕에 있는 영가대까지 걸어갔다. 영가대에서 바다를 바라보았다. 멀리 수평선이 눈에 들어오고 바다에 떠 있는 배와 돌기둥에 묶여 있는 배도 보았다. 바닷물이 잔잔할 때는 영가대와 그 주변의 큰 나무들이 물속에 비치어 신기하기도 했다.

"이 영가대에서 우리 조선통신사 일행이 일본으로 건너갈 때 해신제를 지냈단다. 사신들이 무사하게 항해를 할 수 있도록 빌며 바다 신에게 제사를 지내던 곳이지."

"아버지, 저것 좀 보세요. 영가대가 바닷물 속에 있어요."

"그렇구나, 이 아름다운 마을이 일본의 손아귀에 들어갔으니 앞으로 어떻게 변할지 모르겠구나."

재혁은 자주 아버지가 나라를 걱정하는 모습을 보며 자신도 일본을 미워하기 시작했다. 영가대를 돌아 마을 어귀에 다다랐다. 커다란 수양 버드나무 아래에서 목수가 배를 만들고 있었다. 재혁은 배를 만드는 아저씨가

대단해 보였다.

재혁은 아버지 옆에서 책을 읽다가 보면 좀이 쑤셔 엉덩이를 들썩들썩할 때가 많았다. 골목에서 친구들과 놀이를 하고 싶은데 계속 책만 보니 지겨웠다. 밖에서 재혁을 부르는 소리라도 나면 부리나케 뛰어나갔다. 골목 아이들의 부모들은 아침 일찍 밭이나 바다에 일을 나가 저녁 늦게 돌아오곤 했다. 서당조차 다니지 못하는 어린아이들은 늘 골목에서 놀거나 자성대 주변에서 뛰어놀곤 하였다. 재혁은 친구들과 노는 게 좋았다. 자치기도 하고 비석치기도 하다가 재미가 없어지면 나무타기도 하고 뜀박질을 하며 놀았다. 그러다 배가 고파지면 놀던 아이들을 모두 집으로 데리고 왔다.

"어머니, 배가 고픕니다. 밥 주세요."

어머니는 땀에 젖은 재혁의 이마를 닦아주며 혀를 끌끌 찼다.

"이렇게 뛰어노니 배가 안 고프면 이상하지. 오늘도 골목 아이들을 다 데려왔구나."

"어머니, 친구들과 같이 먹게 많이 주세요. 집에 가면 밥이 없데요. 저만 먹고 가서 놀면 친구들은 배가 고파 같이 놀지 못해요."

어머니는 골목 아이들을 데려와 밥을 달라고 하는 아들이 철이 없는 것 같기도 했지만, 한편으로는 친구들을 생각하는 어린 마음이 기특하게 느껴지기도 했다. 어머니는 아침밥을 하면서 미리 점심에 먹으려고 박 바가지에 한가득 퍼 놓은 밥을 그대로 아이들에게 주었다. 어머니는 대여섯 개의 숟가락이 열심히 아이들의 입으로 드나드는 모습을 보면서 빙그레 웃으셨다.

어느 날 아버지가 외출을 하고 돌아오며 말씀하셨다.

"우리 혁이도 이제는 신식교육을 좀 받아야겠구나."

"신식교육이요?"

"그래, 세상이 어떻게 돌아가는지 학교에 들어가서 새로운 공부를 해 보거라. 그동안 우리는 유교문화에 빠져 체통만 지키고 대의명분만 중요하게 여기며 살아왔다. 우물 안 개구리나 다름없었지."

재혁은 아버지에게 천자문과 사자소학 등을 조금씩 배우다가 사립육영학교에 들어갔다. 재혁은 새로운 공부가 재미있었다. 재혁은 아침마다 자성대 해안가를 지나 영가대 쪽으로 걸어갔다. 학교가 정공단에 있어 한

참을 걸어가야 했지만 늘 즐거웠다. 장이라도 서는 날
이면 일찌감치 터를 잡고 물건을 내놓는 좁은 길을 따
라 걷기도 했다. 학교에서 마음이 통하는 최천택을 만
나는 것도 좋았다. 천택은 서당을 다니다가 학교에 왔
다. 둘은 날마다 붙어 다니며 공부하고 놀았다. 재혁처
럼 천택이도 나라를 걱정하고 일본을 미워하고 있었다.
언젠가는 저들을 우리 땅에서 물러나게 할 것이라고 속
으로 벼르고 있었다. 학교 근처에 있는 정공단에 자주
가 참배를 하며 의지를 다졌다. 둘은 서로 집을 오가며
친형제보다 더 마음이 통하는 사이로 지냈다.

1907년 새해 첫날이 지났다. 음력 설이 되려면 아직
도 달포나 남은 추운 날이었다. 밖에 나가셨던 아버지
는 비통한 얼굴로 들어오셨다. 재혁이 아버지를 따라
방으로 들어갔다. 아버지는 앉자마자 재혁에게 말했다.

"혁아, 대마도에 끌려간 최익현 의병장께서 돌아가셨
다는구나."

"예? 아버지께서 늘 말씀해 주셨던 의병장이 돌아가
셨다고요?"

"곧 영구가 부산항으로 온다는구나."

아버지는 영구가 도착하기 전 며칠을 침울하게 보냈다. 부산항에 최익현 의병장의 영구가 도착했다. 재혁은 아버지를 따라 부산항으로 갔다.

하늘에는 구름이 끼고 가랑비가 내리기 시작했다. 영구를 맞이하러 나온 수많은 사람의 가슴에도 소리 없이 비가 젖어 들었다. 주검으로 돌아온 그를 눈물로 맞이했다. 상무사 소속의 등짐장수와 봇짐장수들은 "춘추대의 일월고충" 즉 "나랏일을 근심하고 염려하는 어진 이와 남의 나라 앞잡이가 된 소인배가 가는 길은 다르다."란 뜻의 글을 비단 만장에 써서 영구를 덮었다. 커다란 상여에 영구가 실렸다. 상여가 움직이자 항구에 있던 많은 사람들이 통곡을 하였다. 아버지는 하늘을 올려다보며 재혁의 손을 더 힘주어 잡았다. 재혁은 아버지가 무엇 때문에 그러시는지 알 것 같았다. 갑자기 하늘에서 쌍무지개가 나타났다. 쌍무지개는 상여 행렬을 한참 동안 감싸고 있는 듯했다. 상여 행렬을 따라 걸었다. 시간이 지나면 지날수록 사람들이 점점 늘어났다. 상여를 따라 걷는 많은 사람 속에는 훗날 부산공립상업학교에서 만나게 되는 오택도 있었다. 겉으로는 최익현 의병장의 죽음을 슬퍼하는 자리로 보였지만 그것은 항일시

위였다. 집으로 돌아온 재혁은 몸을 아끼지 않은 어른들의 희생을 보면서 또 그 죽음을 숭고하게 받들어 모시는 많은 사람을 보면서 몸서리가 쳐졌다. 몸에 열이 나면서 한 발도 움직일 수 없이 몸이 굳어져 바위가 된 것 같은 느낌이 들었다.

푹푹 찌는 무더운 한여름, 감나무에서 매미는 한껏 울어 재꼈다. 재혁은 천택과 어깨동무를 하며 집으로 가고 있었다.

"천택아, 아까 역사 선생님이 우리나라가 강제로 일본한테 빚을 많이 지었다고 했다 아이가?"

"그래, 나도 우리 아버지한테 들어서 알고는 있었다."

"천택아, 우리 아버지도 나라에 빚이 없어야 일본한테 떳떳할 낀데 하고 걱정하는 것 들었는데 오늘은 아버지께 자세히 물어봐야겠다."

재혁은 천택이와 헤어진 뒤 발걸음을 재촉했다.

"아버지, 학교 다녀왔습니다."

아버지가 방문을 활짝 열며 재혁을 맞아주었다.

"그래, 공부는 열심히 하였느냐?"

재혁은 다짜고짜 아버지 앞에 앉아 숨을 헐떡이며 물었다.

"아버지, 우리나라가 일본한테 진 빚이 그렇게나 많습니꺼?"

재혁은 학교에서 역사 선생님이 하는 말을 아버지에게 했다.

"아버지도 나라가 빚이 없어야 떳떳할낀데 하셨잖아예."

나랏빚은 일본이 1905년부터 우리나라의 경제권을 장악하는데 드는 비용을 우리보고 갚으라 한 것이다. 그런데 나라 살림이 어려워 원금은커녕 3년이 지나자 이자까지 늘어나 국채가 눈덩이처럼 불어나고 있다 했다.

"혁아, 아버지가 지난 2월에 대한매일신보에 실린 국채보상운동 취지문을 보았다. 사실은 대구보다 먼저 부산 상인들이 나서서 나랏빚을 갚아보자며 스스로 돈을 모으려는 움직임이 일어나고 있었다. 아버지도 그 일 때문에 친구들도 좀 만나러 다니고 그랬다. 빚이 1천3백만 원이나 된다는데 1년 동안 나라에 필요한 돈 액수와 맞먹을 정도라니!"

"와! 그렇게나 많습니꺼?"

아버지는 나라를 되찾는 일인데 허리띠를 졸라매고 한 끼 밥을 줄여서라도 온 식구가 동참해야 한다고 하셨다. 재혁이 아버지와 이야기를 하고 있는데 밖에서 부르는 소리가 들렸다.

"혁아, 내다 천택이."

문을 열어보니 천택이가 대문 앞에 서 있었다. 그 옆에는 천택의 아버지가 서 계셨다.

"아버지, 천택이 아버님이 오셨는데예."

"아이구! 그렇나, 안으로 모셔야지. 어서 나가 보자."

아버지는 재혁을 앞세우고 마당으로 나갔다. 천택 아버지에게 반갑게 손을 내밀었다.

"아이고, 어서 오십시오. 아이들이 친형제처럼 지내는데 우리는 참 만나기가 어렵군요."

재혁 부자와 천택 부자가 방에 앉으니 방안이 가득 찼다. 천택 아버지가 아이들을 둘러보며 말했다.

"나라가 걱정이지요. 아이들이 학교에서 국채보상운동에 대해 알고 왔기에 같이 의논을 좀 할까 해서 무례하게 찾아왔습니다."

"무례라니요. 무슨 그런 말씀을요. 재혁이도 학교에

서 오자마자 국채가 뭔지 꼬치꼬치 묻더군요. 빚이 눈덩이처럼 불어나서 큰 걱정입니다."

"부산에서도 모금 운동이 펼쳐지는데 우리 육영학교 학부모들도 십시일반으로 모금 운동에 동참을 했으면 합니다만, 재혁 아버님 의견은 어떠신지요."

"저야 대찬성입니다. 우리 부산진에서 나서면 부산부와 가까운 초량과 전통지역인 동래에서도 나서겠지요? 앞으로 여기 부산진이 항일투쟁의 중심지가 될 거라 믿습니다. 이렇게 생각만 하고 있었는데 동지를 만나 기쁩니다."

"예, 그럼. 우리가 학부모들에게 뜻을 알리고 아이들과 모금 운동에 동참 하입시더."

"예, 좋습니다. 이거 부산 상인들이 먼저 시작했는데 대구 쪽에서 선수를 쳤군요. 하기야 나라를 살려보자는데 누가 먼저 하면 어떻습니까. 하하하."

"그럼요. 동참하는 게 중요하지요. 그나저나 몸이 어서 회복되셔야 할 텐데요. 전에 양산, 기장 등지에서 구국활동에 관여를 했다고 들었습니다만…."

"아이고 이젠 지난 일입니다. 나라를 살리는데 누군들 동참하지 않았겠습니까. 한민족이라면 다 똑같을 겁니다."

아버지들은 나랏일, 집안에 대한 이야기가 그렇게 많은지 오랫동안 이야기를 나누었다. 재혁과 천택은 그저 옆에서 듣고만 있어도 든든하고 좋았다. 천택 아버지가 일어나며 말했다.

"재혁이와 우리 천택이가 서로 독자이니 형제처럼 우애 있게 잘 지냈으면 합니다.

"형제처럼이 아니라 형제나 다름없지요. 얼마나 둘이 뜻이 잘 맞는지 앞으로도 잘 지내도록 격려를 해 줘야겠습니다.

"우리들이 나라를 이렇게 물려주게 되어 자라는 아이들에게 면목이 없지만 교육을 잘 시켜서 든든한 나라의 재목으로 만들어 보입시다."

재혁과 천택이만 마음이 맞는 줄 알았는데 오랜만에 만난 아버지들도 마음이 맞는 것 같았다.

"혁이 아버지께서는 부디 건강을 되찾으시길 바랍니다."

"감사합니다. 더 노력하겠습니다."

다음날, 학교에서 아이들은 국채보상운동에 대해 삼삼오오 모여서 이야기를 하곤 하였다. 얼마 뒤 육영학교 교장선생님과 70여 명의 학생들은 국채보상운동에 동참하였다. 부모님의 도움으로 재혁과 천택이도 나라를 위해 기꺼이 모금 운동에 참여했다.

1907년경 영가대 모습.

3

기쁨과 슬픔이 함께

재혁이 열다섯 살이 되는 새해였다. 집안에 경사가 났다. 어머니가 예쁜 여동생을 낳으셨다. 손이 귀한 집안에 고명딸이 태어나 집안 모두가 기뻐하였다. 갓 태어난 동생 명진이는 집안에 생기를 주었다. 재혁이도 어린 동생을 보고 있으면 신기하기도 하고 똘망똘망한 두 눈이 그렇게 예쁠 수가 없었다. 늘 점잖고 말이 없으신 아버지도 명진이를 안아주며 얼굴에는 웃음이 떠나지 않으셨다. 봄여름, 가을 동안 명진이는 가족들의 사랑을 한껏 받으며 잘 자랐다. 아버지는 어머니가 바쁘면 명진이 곁에서 꼼짝 않고 돌봐 주셨다. 명진이는 듣지도 않는데 말씀도 많이 하셨다. 어머니는 그런 아버지의 모습을 좋아하셨다. 명진이가 태어나면서 재혁이네 가족은 웃음꽃이 떠나질 않았다. 동생 얼굴을 보며 온 가족은 함박꽃처럼 피어났다. 그런데 좋은 일이 있으면 나쁜 일이 잘 따라붙는 걸까? 평소에 몸이 약한 아버지가 작년에 양산에서 온 사람으로부터 기별을 받은 뒤로

몸져누운 적이 있었다. 녹음이 짙게 깔리던 초여름이었다. 재혁이 어렸을 때부터 집안을 도와주고 쌀가마니를 보내던 그 친구가 돌아가셨다고 했다. 의병 활동을 하다 부자지간 모두 일본에 의해 총살을 당했다고 했다. 아버지는 그 충격에서 헤어나지 못했다. 병명도 모른 채 아프기 시작하였다. 주변의 좋다고 하는 한의원을 다녀도 병세는 점점 깊어갔다. 어머니는 어린 명진이를 업고 다니며 아버지에게 좋다고 하는 약을 구해왔다. 자리에 누워 일어나지 못할까 늘 노심초사였다. 아버지가 아프니 재혁이는 그렇게 좋던 공부도 싫어졌다. 아버지가 재혁을 불러 놓고 말했다.

"혁아, 니는 우리 집안의 3대 독자다. 니가 열심히 공부해야 집안도 살리고 나라도 살릴 수 있다. 집안이 어렵더라도 공부를 놓아서는 안 된다. 알겠느냐."

"아버지가 일어나셔야 제가 공부도 잘 할 수 있고 나라도 살릴 수 있습니다. 아버지 꼭 일어나십시오."

그러나 아버지는 그 해를 넘기지 못하고 한겨울에 돌아가시고 말았다. 어머니는 하늘이 무너지는 통곡을 하셨다.

"아이고! 서방님, 이 어린 것들을 두고 이렇게 가시다니요. 하늘도 무심하시지. 아이고! 아이고!"

날씨는 얼마나 추운지 어머니의 눈물이 얼굴에 얼어 붙을 것만 같았다. 재혁 또한 어머니를 보며 가슴이 얼어붙는 듯하였다. 돌도 지나지 않은 명진이는 어머니 등에 붙어서 떨어지려고 하지 않았다. 천택이 재혁과 같이 상주 노릇을 해주었다. 재혁은 허망하게 가버린 아버지가 너무나 안타까웠다. 아버지는 말씀은 안 하셨지만 나라가 어지러우니 개인의 꿈도 접고 속만 태우시다 돌아가신 것 같았다. 어린 상주 재혁은 의젓하게 아버지를 보내드렸다. 재혁은 어렸을 때 아버지가 해주셨던 말씀을 하나하나 다시 새겼다. 아버지가 어떤 일을 하다 몸이 병들어 부산진으로 오게 되었는지 느낌으로 알고 있었다. 그 후로 점점 가슴에 불을 지피기 시작하였다. 그럴 때마다 정공단에 가서 참배를 했다. 아버지 장례가 끝난 뒤, 재혁은 학교를 포기하고 집안을 위해 일을 해야겠다고 마음먹었다. 그러나 어머니의 완강한 반대로 그것조차 할 수가 없었다. 어머니가 재혁을 불렀다.

"비록 아버지가 세상에는 없지만 공부를 계속해야 한다. 아버지의 뜻이기도 하고 가세는 조금 기울었지만 아직 집도 있고 농사지을 땅도 조금 남아 있으니 너무 걱정 말아라. 모자라면 삯바느질을 해서라도 뒷바라지 할 터이니 다른 마음은 먹지 말도록 하여라."

재혁은 어머니의 단호한 말씀에 아무 말도 할 수가 없었다. 하는 수없이 학교에 다녔다. 천택이 없었으면 정말 학교에 가지 않았을 것이다. 천택은 재혁의 마음을 달래주고 위로해 주었다.

학교를 마치고 오던 길에 자주 증산에 올랐다. 주변에는 공동묘지가 있어 비가 오는 날에는 음산했지만 개의치 않았다. 가끔 친구들과 모여서 운동도 하고 일본에 대한 분노를 폭발하며 분을 삭이곤 하는 곳이었다. 둘은 산 아래를 내려다보았다. 자성대 주변의 마을과 영가대가 한눈에 들어왔다.

아름다운 경치 속에서 선량하게 살아가는 사람들 곁으로 검은 손길이 스멀스멀 기어 오고 있다고 생각하니 안타깝기 그지없었다. 재혁이 마을을 내려다보며 말했다.

"천택아, 지난 10월에 안중근 의사가 하얼빈에서 침략의 원흉인 이토 히로부미를 저격했다는 소식을 들었을 때 우리 학우들은 물론이고 부산진 사람들도 얼마나 통

쾌해 했노."

"그래, 이놈의 제국주의가 무너질 날도 얼마 안 남았을 끼다. 두고 봐라."

재혁이 고개를 끄덕이며 말을 이어나갔다.

"우리에게 문화를 전수받던 미개한 왜놈이 제국주의의 탈을 쓰고 들어와 우리를 짓밟으니 분하기 짝이 없는 노릇이지. 어서 우리가 힘을 키워서 그놈들을 이 땅에서 쫓아내야지."

"그래, 혁아, 나도 빨리 학업을 마치고 내가 품고 있는 일을 하고 싶다. 니는 내가 말 안 해도 알겠제?"

"그럼, 나도 한마음인데 모를 리가 있겠나?"

재혁이와 천택은 두 손을 꽉 잡고 눈빛으로 맹세를 했다.

"나는 우리나라를 되찾을 때까지 오로지 홀몸으로 나라에 충성할 것이야. 집에서 독자라고 일찍 혼례를 하라하지만 난 절대 그러지 않을 거야."

재혁이도 비장한 각오로 말했다.

"역시 나와 같은 생각이구나."

둘은 서로 어깨를 토닥이며 격려를 했다.

부산공립상업학교 시절의 박재혁 의사 (맨 왼쪽)

4

우리 역사를 잊으면 안 되오

재혁은 아버지의 유언과 어머니의 헌신적인 뒷바라지
를 저버리지 않으려고 진학을 하기로 마음먹었다. 전문
적인 공부를 하여 나라발전에 도움이 되고 싶었다. 그
러나 꿈을 펼칠 학교가 없었다. 우수한 학생들은 전문
교육을 받고 싶어도 갈 곳이 없었다. 거기에는 일본의
철저한 식민통치의 계략이 숨어있었다. 일본은 보통학
교 교육을 중시하고 고등교육을 포함한 전문교육은 의
도적으로 약화시켰다. 우리나라가 근대화로 가는 길을
가로막으려는 수작이었다. 재혁은 하는 수 없이 부산
공립상업학교에 진학하였다. 재혁은 아버지로부터 우
리나라의 역사에 대해 간간히 들은 적이 있지만 생각
이 같은 천택과 학교를 다니면서 민족의 현실을 한층
더 뼈저리게 느꼈다. 뜻을 같이하는 친구들과 교류하기
시작했다. 어렸을 때 아버지에게 들었던 일본의 만행
을 하나하나 인식하며 투철한 애국심을 기르기 시작하
였다. 육영학교 때부터 친했던 천택과 함께 나라를 되

찾는 일에 의기투합하자고 맹세했다. 재혁과 천택은 피를 나눈 형제보다 더 끈끈한 형제애를 나누며 민족의식을 쌓아갔다. 그리고 1년 늦게 입학한 오택과 의형제를 맺었다. 오택은 아버지가 한의사인데 집안도 부자이다. 오택은 재혁이 하는 항일운동에 가담하여 금전적인 문제도 곧잘 해결하곤 하였다. 오택은 집안에서 일찍이 혼례를 정하는 바람에 2학년 때인 17세에 결혼을 하여 봄에 부산진으로 이사했다. 그는 항일 운동에 적극 나서지 못해 안타까워했다.

한편, 일본은 우리나라를 집어삼키려는 야욕에 불타 우리의 민족정신을 뿌리 뽑으려고 우리 역사공부를 막았다. 삼국사기, 삼국유사, 발해고 등의 우리 역사책은 모조리 빼앗아 불살라 버렸다. 거기다가 1910년 11월에는 보통학교에서 배우던 동국역사라는 역사책을 금지하였다. 동국역사는 현채라는 역사학자가 만든 역사책이다. 보통교과목인 동국역사는 1899년 소학교용 국사책으로 한글과 한문을 섞어 만든 책이었다. 학교에는 우리 역사가 사라지고 야금야금 일본말로 된 일본의 역사와 일본말로 공부를 하게 했다.

"혁아, 우리나라 사람이 우리 역사를 모르면 되겠나?

어떻게든 우리의 역사를 잊어서는 안 돼. 학교에서 금지하면 다른 길을 찾아서라도 우리 역사를 알려야 돼."

"우리가 나서자. 먼저 항일 민족의식을 학생들에게 심어주려면 우리 역사에 대한 투철한 인식을 심어줘야 하지 않겠나."

재혁과 천택은 학우들과 비밀리에 우리 역사를 알리기로 했다. 천택이 친구들을 불러 모았다. 같이 동참하기로 한 친구들은 김병태, 박홍규였다.

2학년 어느 봄날, 학교에 다녀온 뒤 재혁은 갓 네 살이 지난 여동생 명진이를 돌보고 있었다. 여동생 명진이를 업고 마당에 나와 있는데 천택이 집으로 찾아왔다. 천택이 명진이를 보더니 웃으며 말했다.

"아이고, 나라의 큰일을 할 분이 오늘은 어린 동생을 보고 계시는군. 하하하."

오빠 등에 업힌 명진이가 함박웃음을 지으며 천택이를 바라보았다. 천택이 명진이 볼을 만지며 말했다.

"명진아, 오빠 등에서 세상근심 하나 없이 행복하구나. 얼른 자라래이."

재혁이 명진이를 추켜 업으며 말했다.

"어머니가 상이 난 집에 상복을 만들어 주러 가셨거
든. 늦은 저녁이 돼야 오실 낀데."

천택이 주위를 둘러보며 나직이 말했다.

"혁아, 지난번 우리 둘이 계획한 것 말이다. 좋은 수가
생각났데이."

"그래? 어서 말해 봐라. 어디서 그 책을 구할 수가 있
단 말이가?"

"쉿, 잠시만 귀 좀 빌리도."

천택이 재혁의 귀에 대고 속삭이듯 말했다.

"우리 육영학교 다닐 때 역사 선생님 알제? 역사 선생
님께 가서 말해 보자. 어때? 우리 둘이 날 잡아서 학교
에 찾아가자. 선생님께 말씀드리면 책을 구할 수가 있
을 끼다."

"그래, 그게 좋겠다. 우선은 아무에게도 말하지 말고
우리 둘만 추진해 보자. 나중에 병태와 홍규에게 알리
자."

"그래, 우리 모두가 같이 몰려다니면 일본형사들 눈에
띄기 십상이니까."

천택은 언제나 앞서서 일을 계획하고 추진하는데 그
뜻이 재혁의 뜻과 같았다. 천택은 홀어머니와 어린 여

동생과 같이 사는 재혁을 생각해서 일의 전면에는 항상 자기가 먼저 나서려고 했다. 우선 모교를 찾아가 선생님을 뵙기로 했다.

천택이 돌아가고 재혁은 등에서 잠이 든 명진이를 자리에 눕혔다. 새근새근 잠이 든 동생을 보며 생각에 잠겼다. 아버지가 돌아가시면서 가세는 많이 기울었고, 밤낮없이 삯바느질하고 상이 난 집에 가서까지 바느질을 하는 어머니를 생각하면 가슴이 미어졌다. 어서 졸업을 하고 일자리를 구해 어머니를 편하게 모셔야지 하는 마음이 들었다가도 또 고민에 빠지곤 했다. 그러는 자신이 우왕좌왕하는 모습을 보며 실망스럽기도 했다. 그러나 집안을 이끌어가야 한다는 생각에 앞서 떠오르는 것은 늘 항일투쟁이었다.

'아무리 집안일이 중하다 해도 우리의 원수, 저 일본이 우리나라에서 사라지기 전에는 나라를 위해 일하는 게 먼저다.'

재혁은 아버지 무릎에 앉아 단군신화를 듣던 때와 어머니 등에 업혀 옛이야기를 듣던 때를 생각했다. 그때는 곰이 어떻게 사람이 되냐고 아버지에게 따진 생각이 났다. 이상하게 생각했던 단군신화를 명진에게 해주었던 자신을 보며 빙그레 웃었다. 지금은 비록 어머니에게 불효를 하고 있지만, 어머니와 명진이가 일본에 짓밟힌 나라에서 살게 하고 싶지는 않았다. 재혁은 돌아가신 아버지도 그 뜻을 알아주리라 믿었다. 아버지에게 부끄러운 아들이 되지 않겠다고 다짐했다.

"두고 봐라. 내 꼭! 저들을 쫓아내고 말리라."

보통교과 동국역사
1899년에 소학교용으로 발간된 책으로,
단군부터 고려시대까지를 엮은 국사교과서

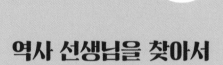

5

역사 선생님을 찾아서

며칠 뒤, 수업 시간에 칼을 찬 일본 선생이 급히 들어와 격앙된 목소리로 말했다.

　"너희들에게 기쁜 소식을 전한다. 이번에 우리 대일본제국은 조선의 백성들을 잘살게 하려고 바다를 좀 더 메워 땅을 넓히기로 했다. 그러기 위해 조선기업주식회사를 설립하기로 하였다. 얼마나 고마운 일이냐. 너희들은 우리 대일본제국말만 들으면 잘 살 수 있다. 1차 매립공사로 곧 부산진 주변을 매립할 계획이라고 한다. 그러니 제군들은 대일본제국을 위해서 열심히 공부하길 바란다. 이상."

　선생은 질문도 받지 않고 자기 말만 하더니 옆구리에 찬 칼 소리를 일부러 크게 내며 교실을 나갔다.

　하굣길에 재혁은 천택이와 함께 모교로 발길을 옮겼다. 육영학교는 재혁이 졸업하던 해 5월에 부산진보통학교로 이름이 바뀌었다. 둘은 가면서 육영학교에 다니던 때를 생각하며 웃었다.

"천택아, 우리 학교 끝나고 집에 올 때 늑대가 나타날까 무서워 한 적도 있다 아이가?"

"맞다. 어른들도 잡아먹는다고 소문도 나고 실제로 어린애들을 물고 갔다고 들었다. 아직까지도 수정동에 여우도 나오고 영주동 산리 길은 진짜 늑대를 조심해야 한다."

둘은 어렸을 적 얘기를 하며 걷다가 아까 일본 선생이 말했던 것이 떠올랐다.

"천택아, 일본이 부산진을 매립한다고? 그럼 우리 자성대 주변과 영가대 앞도 다 매립된다는 거네? 무슨 우리를 위한 좋은 일이라고? 저들이 우리를 위한다고? 야만인들이 그런 생각을 하겠나?"

"그럼, 저들이 분명 매립하고 나서는 딴소리 할끼다. 야만인이 말만 하면 대일본제국, 대일본제국이라고 떠들어대니 웃긴다 웃겨."

"그나저나 일본 놈들 때문에 아버지와의 추억어린 아름다운 우리 동네와 영가대 주변이 다 사라지게 되겠군. 북항 매축도 모자라서 이곳까지 매립한다니 무슨 꿍꿍이가 분명히 있을끼다."

추측대로 일본은 우리나라를 위해 쓰기는커녕 1918

년 부산진 매축지에 시베리아출병에 쓰려고 군수물자
를 수송하는 데 활용을 하게 된다. 이곳에 철도와 국도,
경비 창고와 여러 회사가 들어섰다. 서서히 일본의 군
사·행정·산업의 주요 지역으로 변해갔다. 일본은 여
기서 그치지 않고 범일동, 우암동 앞바다를 메워 나갔
다. 이 모든 것은 일본이 우리나라에 대한 군사적, 경제
적 통제를 하기 위한 것이었다.

학교가 있는 영주동에서 부지런히 걸어 여우가 출몰
했다는 수정동을 지나 정공단 쪽으로 왔다. 이야기를
하다 보니 어느새 모교 앞에 다다랐다. 부산진보통학교
라는 이름이 교문 문설주에 붙어있었다. 재혁은 자기가
다니던 육영학교가 이름이 바뀌어 낯설었다. 마음에도
안 들었다. 운동장을 질러 교무실로 들어갔다. 칼을 차
고 다니는 낯선 일본인 선생들이 보였다. 긴 칼을 옆구
리에 차고 금테를 두른 모자를 쓰고 있었다. 이들은 가
끔씩 스승을 찾아온 상급학교 학생들을 여러 번 봐서
그런지 대수롭지 않게 여겼다. 누구를 찾아왔는지 물어
보지도 않았다. 역사 선생님은 교실에서 서류를 정리하
고 계셨다.

"선생님, 저희 왔습니다."

선생님은 안경 너머로 재혁과 천택을 바라보셨다.

"아이고, 이게 누군가? 박 군, 최 군이구만. 그래, 학교는 잘 다니고 있지?"

"선생님, 그동안 안녕하셨습니까?"

재혁과 천택은 학모를 벗고 무릎 아래까지 오는 두루마기를 공손히 뒤로한 뒤, 선생님을 향해 큰절을 올렸다.

"어서 오너라. 의젓한 고등학생이 되었구나."

선생님은 둘의 어깨를 다독이며 학생들이 앉는 걸상을 당겨왔다.

"그래, 학교 공부는 열심히들 하느냐?"

재혁과 천택은 선생님 말씀에 멋쩍은 듯 서로 얼굴을 바라보았다. 둘은 고개를 끄덕이더니 복도 쪽을 살폈다.

"왜 그러느냐? 무슨 일이 있구나."

둘은 앉았던 걸상을 선생님 쪽으로 가져왔다. 선생님은 심상치 않음을 눈치채셨는지 나직이 말씀하셨다.

"이 시간에는 괜찮으니 말해 보거라."

재혁이 먼저 말했다.

"선생님, 나라가 이런데 공부가 제대로 되겠습니까?"

"예, 선생님. 재혁의 말대로 나라가 이런데 공부보다

먼저, 저희가 나라를 위해서 뭔가를 해야 할 게 있습니다."

선생님은 복도에 눈길을 주며 말씀하셨다.

"무슨 수로 나라를 위해 일을 한다는 것이냐?"

재혁과 천택은 선생님께 자기들의 뜻을 알렸다. 선생님의 얼굴이 굳어졌다. 그러더니 이내 고개를 끄덕이셨다.

"그래! 기특한 생각이구나. 저들은 우리 역사책을 모조리 없애고 일본 역사를 가르치라고 하니 통탄할 노릇이구나. 얘들아, 이럴 게 아니라 우리 집으로 가자. 여기서 오래 얘기하기에는 좀 그렇구나."

선생님은 서둘러 퇴근 준비를 했다. 둘은 학교와 가까운 선생님 댁으로 갔다. 선생님 방에 들어서니 학교에서 쓰였던 학용품들이 장식처럼 놓여있었다. 대나무 통에 눈길이 갔다. 젓가락 같은 크기로 쪼갠 대나무 가지에 사서삼경 등의 글이 쓰여 있었다. 재혁이는 어렸을 때 아버지 방에도 경서 통이 있었던 생각이 났다. 가지를 뽑아 방에 흩어 놓았던 생각도 났다. 서당에서 공부하던 서당 교과서도 있었다. 동의보감도 보였다. 베로 만든 주머니에는 산가지도 들어있었다. 선생님은 우리의 교육 자료를 소중히 여겨 보관하고 계신 것 같았다. 그러나 방안의 어디에도 우리 역사책은 보이지 않았다.

선생님이 들어오시자 무릎을 맞대고 앉아 소곤소곤 얘기를 이어나갔다.

"선생님, 최근까지 우리가 배웠던 역사 교과서인 동국역사책을 가지고 계시면 좀 주십시오. 저희가 그 책으로 우리의 역사를 알리고 싶습니다."

"정말 그 일을 할 작정이냐? 아까도 말했지만 기특한 생각이긴 하나 너무 위험하구나. 그런데 어찌 그 책이 나한테 있다고 생각하느냐?"

"선생님께 오면 그 책이 꼭 있을 것 같았습니다. 걱정 마십시오. 비밀리에 잘할 수 있습니다."

선생님은 눈을 지그시 감고 가만히 있었다. 한참 동안 생각에 잠겼다 눈을 뜨셨다.

"따라오너라."

선생님은 광으로 갔다. 어른이 들어갈 만한 커다란 항아리를 가리키며 속삭였다.

"이걸 들어서 옆으로 좀 옮겨야겠다."

선생님의 신중한 말씀에 재혁과 천택은 조심조심 항아리를 들어 옆으로 옮겼다. 선생님은 항아리가 있던 자리를 소리 나지 않게 호미로 파기 시작했다. 얼마나 조용했는지 숨소리와 호미질 소리가 광 안에 가득 찼다. 잠시 뒤, 나무 궤짝이 보였다. 선생님은 손으로 흙을 쓱쓱 걷어내시고 뚜껑을 열었다. 그 안에는 선생님께서 갖고 계셨던 우리나라 역사책이 가득 들어있었다. 삼국유사, 삼국사기, 발해고와 목민심서, 교과서로 쓰였던 역사집략, 초등 본국역사, 신정동국역사와 재혁과 천택이 찾고 있던 역사 교과서인 동국역사가 몇 권씩이나 들어있었다. 선생님은 그 중 동국역사를 한 권 꺼내셨다.

"자, 이거면 되겠냐?"

재혁이 선생님이 건네는 책을 받아들며 감격을 했다.

"감사합니다. 선생님께 피해 가지 않도록 조심하겠습니다."

"그래, 박 군, 최 군. 부디 성공하길 바라네. 자네들 같은 젊은이들이 있는 한 꼭 나라를 되찾을 수 있을 걸세."

둘은 서둘러 인사를 드리고 선생님 댁을 나왔다. 책은 천택이가 두루마기 안쪽에 감췄다. 천택의 집에 도착하자마자 김병태, 박홍규를 불렀다. 천택이 단호하게 말을 했다.

"자네들, 만의 하나, 이 일이 발각이 되면 모든 일은 나 혼자 한 것으로 한다. 우리 집 사랑방에서 시작하기로 하자. 우리 다 잡혀가면 앞으로 우리가 해야 할 항일 투쟁은 우짤끼고? 그러니 무조건 앞에 나서는 건 내가 할끼다. 재혁이와 니들은 계속 큰일을 해야 할 사람 아이가."

천택의 의미심장한 말에 재혁과 친구들은 서로 손을 굳게 잡았다.

역사 책 인쇄는 천택의 사랑방에서 시작되었다. 천택은 필요한 등사기를 어디서 구했는지 잘도 가져왔다. 틈틈이 학교에서 돌아와 모여 앉아 스텐실 페이퍼인 원판에 철 펜으로 글을 베껴 나갔다. 얼마나 숨을 죽이며 써나갔는지 숨소리와 원판에 긁는 철 펜 소리만 났다. 다 쓴 원판을 등사기에 대고 잉크 롤러를 밀었다. 잉크 냄새가 방안을 가득 채웠다. 그러나 밤마다 호롱불 아래에서 서툰 솜씨로 인쇄를 하려니 여간 힘든 게 아니었다. 서툴지만 이들은 오로지 인쇄에만 매달렸다. 네 명의 손으로 베껴서 쓴 역사책이 인쇄되어 나오니 감개무량했다. 처음 계획은 인쇄를 하여 교내 학우들에게만 나누어 주려고 했다. 일을 하다 보니까 욕심이 생겼다. 재혁이 인쇄한 내용을 보며 말했다.

"천택아, 우리 이 책을 우리 학우들에게만 나눌 게 아니라 다른 학교에도 나누어주자."

"그러자 등사기도 있겠다. 우리가 수고를 하면 얼마든지 나누어 줄 수 있겠는데. 병태, 홍규야 니들 생각은 어떻노?"

"좋다. 이왕 하는 거 많이 찍어서 나눠주자."

이렇게 하여 총 3백 부를 목표로 찍어 나갔다. 민족의식이 강한 동래고보와 일신여학교 등에 나누기로 했다.

한 장 한 장 쓴 것을 등사기로 일일이 인쇄하려니 힘이 들기도 했지만 손톱 밑까지 잉크가 묻어 씻어도 새까맸다. 등사기 주변에도 잉크가 떨어져 지저분했다. 그럴 때면 흔적을 남기지 않으려고 얼른얼른 닦아냈다. 드디어 백 여부 정도가 나왔다. 학우들에게 나누어 준다고 생각하니 얼마나 뿌듯한지 몰랐다. 이들은 인쇄물을 나누어 책보자기에 교과서와 함께 넣어 학교로 갔다. 재혁과 친구들은 쉬는 시간을 이용해 조심스럽게 한적한 장소에서 역사책을 나누어 주었다. 책을 받아든 학우들은 놀라워하며 물었다.

"와, 이거 일본 놈이 금지 시켰던 동국역사 아이가?"

"맞다. 쉿! 너도 읽어보고 우리 역사를 모르는 애들에게 돌려라. 어디서 구했는지는 묻지 말고."

인쇄는 천택이가 도맡아서 진행하고 배포는 재혁이 주도했다. 학우들에게 무사히 다 나누어 주었다는 병규와 홍규의 말에 재혁은 심장이 두근거렸지만 뿌듯했다. 재혁은 일본경찰의 눈을 피해 천택과 함께 주도한 일이 성공적이어서 이루 말할 수 없는 희열을 느꼈다. 저녁에 다시 모인 이들은 두 번째 계획을 이어나갔다. 각 학교의 대표들을 학교로 오라 하여 나누었다. 재혁은 교내 학우들에게만 주기로 했던 역사책이 부산에 있는 학우들과 같이 나누게 되어 더없이 기뻤다. 점점 용기가 나고 자신감이 생겨났다. 얼마 있어 또 90여 부가 완성이 되었다. 재혁은 역사책이 필요한 사람들을 두루두루 살폈다. 학교에서도 학우들은 이들을 지지해 주었다.

그러나 재혁과 천택이 기쁨에 사로잡혀 있을 때 천택의 집안에 큰일이 생기고 말았다. 병환에 있던 천택의 아버지가 돌아가시고 말았다. 천택은 하늘이 무너져 내리는 것 같았다. 공부도 게을리하고 역사 책 만드는 데 정신을 쏟다 보니 아버지가 그렇게 위중한 줄도 몰랐다. 의형제 사이인 재혁은 상이 끝날 때까지 천택이 곁에서 상주 노릇을 했다. 재혁은 집에서 아버지 없는 슬

품이 얼마나 큰지 위로했다. 그 뒤, 서로 더 끈끈한 형제애를 나누었다. 천택의 부친상으로 잠시 주춤했던 역사책 배포는 다시 시작되었다. 재혁은 한 부라도 필요한 곳이 있으면 달려갔다.

1913년 녹음이 점점 짙어가던 유월 어느 날, 일본형사가 학교를 찾아왔다. 천택이를 찾았다. 긴 칼을 차고 수업을 하던 일본인 교사는 형사에게 거수경례를 하고 나서 말했다.

"아! 무슨 일이 있어 여기까지 직접 오셨으무니까?"

"여기에 대일본제국을 욕보이는 놈이 있어서 잡으러 왔다."

"아, 여기에 우리 일본제국을 욕보이는 학생이 있으무니까?"

형사는 재혁과 천택이 주도해서 만든 동국역사책을 흔들어 보이며 소리쳤다. 역사책을 교실 바닥에 내리치면서 또 소리쳤다.

"최천택이 누구냐? 어서 나와라."

순간 재혁은 하늘이 노랬다. 병태와 홍규도 재혁을 바라보며 얼굴이 굳어졌다. 천택이 벌떡 일어나 형사 앞으로 나왔다.

천택은 올 것이 왔구나 하는 마음으로 형사를 쳐다보며 거만하게 말했다.

"내가 최천택이오만."

형사는 다짜고짜 수업을 받고 있던 천택의 뒷덜미를 잡아끌며 보란 듯이 말했다.

"제군들은 들어라. 조선역사책 보급이 금지된 걸 모르냐? 보는 것도 불법이다. 너희들은 이제 대일본제국의 아들이다. 벌써 3년 전, 그러니까 1910년 8월에 한일병합조약을 맺은 사실을 모르느냐. 이제 이 지구상에는 조선이라는 나라는 영원히 사라졌다. 그러니 조선역사가 무슨 소용이냐. 앞으로 대일본역사나 똑바로 배워라."

천택을 끌고 교실을 나가면서 형사는 일본 선생을 보며 의미 있는 웃음을 보냈다. 그러자 일본 선생도 고개를 끄덕였다. 재혁은 그 모습에 분통이 터졌다. 이를 악물며 속으로 외쳤다.

'너희 나라 역사를 배우라고? 헌병경찰통치를 한답시고 교실까지 선생이 칼을 차고 들어와 공부를 가르치고, 형사가 교실에까지 허락도 없이 들어와 공부하는 학생들을 잡아가는 것이 너희들의 썩어빠진 통치냐. 내 지금은 힘이 미약하나 조금만 기다려라! 가만 안 둘 것

이다.'

재혁은 복도를 나서는 형사를 보며 이를 갈았다. 얼굴을 붉히며 두 주먹을 부르르 떨었다. 천택은 잡혀가면서도 형사가 눈치챌까 봐 재혁과 친구들에게 눈길 한번 주지 않았다.

일본은 자기들 입맛에 맞는 경찰법 처벌규칙을 정해 놓고 그중 자기들이 금지시킨 불온문서를 배포, 낭독하는 자는 붙잡아 가두거나 벌금에 처한다고 정해 놓았던 것이다. 이런 규칙 아래 잡혀간 천택은 모진 고문을 받아야했다. 일본형사는 공범을 잡아내겠다며 천택에게 회유도 하고 윽박질렀지만 천택은 죽어도 입을 열지 않겠다며 이를 악물었다. 결국 일본형사는 천택이 동국역사책이 어디서 났는지 같이한 공범이 누군지 알아내지 못하였다. 재혁은 천택이 혼자 끌려가 고문을 받는 것에 대해 가슴 아파했다. 그러나 서로 약속한 것이 있어 애써 참았다.

"그래, 훗날을 기다리자. 이게 끝이 아니다."

천택이 여러 날을 고문을 받아 만신창이가 된 채 풀려났다. 제일 먼저 재혁이 달려갔다.

"어찌 사람을 이 지경으로 만들었단 말이냐. 천택아,

고생 많았다."

　천택이 친구들에게 남은 역사책과 등사기를 물었지만 벌써 일본형사들이 와 다 가져간 뒤였다.

　"천택아, 때를 기다리자. 우선 몸부터 추스르고 난 뒤 다음을 생각해보자."

　동국역사책 사건은 재혁과 뜻을 같이하는 친구들에게 더욱더 항일 정신을 북돋우는 계기가 되었다.

박재혁 의사가 다녔던 사립육영학교
현 부산진초등학교

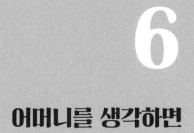

6

어머니를 생각하면

역사책 사건으로 재혁 어머니는 아들 걱정에 한시도 마음을 놓을 수가 없었다. 아들이 하는 일이 나라를 위한 일이긴 하지만 학생이니 우선 공부를 하길 바랐다. 흰 두루마기 소맷자락에 묻혀 오는 등사잉크를 보며 걱정을 많이 했지만 말릴 수도 없어 말없이 옷을 빨아주곤 하였다. 어머니는 바느질 솜씨가 워낙 좋아 재혁에게 옷을 늘 정갈하게 입혀 학교에 보냈다.

"밖에 나갈 때는 옷매무새를 항상 살피고 나가거라. 학교 갈 때도 그렇고, 남아가 후줄근하게 다니면 되나?"

"예, 어머니. 옷에 먹물과 잉크가 많이 묻어 빨래하시는데 힘드시지요."

어머니가 재혁의 옷을 매만졌다. 인두로 동정을 다리며 말했다.

"앞으로는 옷에 잉크를 묻혀 오는 일은 없었으면 좋겠구마. 졸업을 할 때까지는 학교 공부에 전념을 하면 어떻겠노?"

"예, 어머니 죄송합니더. 어머니 말씀에 따라야 도리인데, 제 한 몸만을 위해 공부를 하려니 잘 안 됩니더. 나라 잃은 우리가 공부가 먼저냐 하고 친구들과 얘기할 때가 많습니더. 그중에는 공부를 먼저 해 나라를 세우자는 친구들도 있지만 모두들 나라가 먼저라고 합니더. 그렇지만 어머니께서 그리 말씀하시니 노력은 해 보겠습니더."

"혁아, 니가 하는 일이 틀렸다고는 생각 안 한다. 이 나라의 백성이면 당연한 일이고말고. 그러나 집안도 생각해야 하고 저 어린 동생도 키워야 하니 니 어깨가 무거운 걸 생각하면 어미도 가슴이 아프다. 오래전에 니 아버지가 부산진에 와 터를 잡은 것도 나라를 위해 할 일이 있을 거라고 했다. 그때 벌써 몸이 안 좋았다. 나도 말리고 옛 친구들도 좀 쉬라고 해서 못 한 기다. 아버지가 니한테 무슨 말을 했는지 모르지만 지금은 아니다. 혁아, 나라를 위하는 일은 조금 더 있다가 하고 공부를 좀 더 하도록 하거라."

"예, 어머니."

어머니 앞에서는 어머니 말씀을 거역할 수가 없었다. 말씀 또한 맞는 말씀이다. 어머니에게 집안 책임을 모두 떠넘긴 것 같아 죄스럽고 가슴이 아팠다. 재혁은 어머니 앞에서는 늘 작아졌다. 어머니는 재혁의 옷을 갈무리 한 뒤 댕기 바느질을 하셨다. 바느질감이 없을 때는 예쁜 댕기를 만들어 댕기장수에게 넘기곤 하였다. 댕기에 수까지 놓아 먼저 명진이 머리를 땋아 댕기를 달아 주시곤 했다. 눈매가 선명하고 얼굴이 복스러운 명진이는 빨간 비단천에 노란 꽃무늬가 수 놓인 댕기가 잘 어울렸다. 명진에게 어울리면 어머니는 똑같은 것을 꽃문양을 바꿔가며 많이 만드셨다. 댕기장수는 며칠에 한 번씩 어머니에게 와 그동안 만들어 놓은 댕기를 모두 가져가곤 했다. 어머니와 얘기를 하고 있는데 댕기장수가 왔다.

"마님, 댕기 가지러 왔습니더. 아이고, 오늘은 훌륭하신 도련님도 계시네예."

댕기장수는 뭐가 그리 좋은지 싱글벙글하며 재혁에게 말했다.

"도련님, 얼마 전에 도련님 학교 학생들이 역사책 돌린 것 시장 사람들이 몰래몰래 돌려보곤 했다 아입니꺼. 지는 까막눈이라 그저 귀동냥으로만 들었는데예. 시장 어른들이 역시 배운 사람들이 다르다고 합디다."

시장에서 역사책을 돌려 본다고 등사로 만든 책이 너덜너덜해졌다고 했다.

댕기장수 복동이는 대나무를 사다리처럼 가로로 넓게 엮어서 거기에 색색의 고운 댕기를 걸어놓고 시장 안으로 들고 다니며 판다. 형형색색의 고운 댕기가 총총 걸려있어 다른 장수들 물건보다 눈에 띈다. 어떤 때는 일본인 시장에까지 가서 조선 댕기 사라며 소리치고 다니다 쫓겨나기도 했다. 시장에 나온 일본 여인들은 예쁜 댕기에 반해 아이에게 사주고 싶어도 서로 눈치를 보며 망설이곤 하였다. 재혁보다 어린 복동이는 일자무식이지만 세상 돌아가는 것을 눈치로 알아 일본을 미워했다. 어머니가 너스레를 떨고 있는 복동이를 불렀다.

"복동아, 그동안 만들어 놓은 댕기 여기 있으니 어서 가서 많이 팔아야제?"

"아, 예! 마님이 만드신 댕기는 언제나 잘 팔리고 비싼 값에 팔립니다. 며칠 뒤에 또 찾아뵙겠습니다. 제가 값을 후하게 쳐 드리니 다른 장수에게는 넘기지 마시이소."

"내 비록 아낙이긴 하나 그런 의리는 지키는 사람이다. 니가 댕기를 잘 팔아주니 나도 덕을 보지 않느냐."

"예, 예, 감사합니다. 두 분 모두 안녕히 계시이소."

복동이는 "댕기 사이소!"를 외치며 신나게 골목을 나
갔다.

재혁은 억지 대답만 하고 방을 나왔다. 아버지와 걸었
던 영가대 주변을 걸었다. 그러다 발길은 정공단을 향
했다. 정공단은 임진왜란 당시 제일 먼저 왜군을 맞아
싸운 정발장군을 모신 사당이다. 정발장군은 끝까지 부
산진성을 지키려다 총탄에 맞아 전사했다. 재혁은 320
년 전, 그날을 상상해 보았다. 모든 백성이 죽을힘을 다
해 지켜낸 나라였다. 지금은 일본이 우리나라를 집어삼
켰지만 임진왜란을 막아낸 정신을 다시 가진다면 우리
나라를 되찾을 수 있을 것이란 생각이 들었다. 재혁은
정공단 앞에서 마음을 다졌다.

"어머니, 죄송합니더. 어머니에게는 못난 불효자입니
더. 그러니 아들이 없다고 생각하십시오."

재혁은 만감이 교차했다. 아버지의 글 읽는 모습, 어
머니의 바느질 모습. 그 옆에서 옷감을 가지고 노는 어
린 여동생을 생각하며 정공단 제단 앞에 드러누워 한참
동안 하늘을 바라보았다.

"그래 하늘을 향해 오로지 부끄러움이 없는 의로운 일

을 하는 기라.”

어머니 앞에 서면 또 작아질지언정 정공단에서만은 자꾸 마음을 다잡았다. 재혁이 오랜 시간을 정공단에 머물며 마음 정리를 하고 나왔다. 증산을 오르려고 호주선교사들이 세운 교회 옆 학교인 일신여학교를 지났다. 처음에는 초가 세 칸의 학교였는데 몇 년 전에 양옥을 지어 눈에 띄게 학교가 좋아 보였다.

“우리 명진이도 어서 자라서 저 학교에 다니면 좋겠다.”

날씨가 좋을 때는 선생님은 교실 앞마당에 풍금을 내다 놓고 노래와 율동을 가르치곤 하였다. 열대여섯 명의 어린 여학생들은 모두 종아리까지 오는 까만 통치마에 흰 저고리를 입었다. 머리는 뒤로 길게 땋아 댕기로 마무리를 했다. 고무신을 신은 아이도 있고 미투리를 신은 아이도 있다. 아이들은 선생님의 풍금 소리에 맞춰 노래와 율동을 했다.

천택과 자주 올랐던 증산에서 집이 있는 자성대를 내려다보았다. 재혁은 다시 한번 마음을 정리했다. 어머니에게 학교공부에 충실하겠다고 했지만 마음은 점점 항일운동을 향해 가고 있는 자신을 발견했다.

7

나라를 구하는 일이라면

재혁은 우리 역사를 알리는 일이 무산되자 실망이 컸다.

"이대로 물러설 수는 없다. 좀 더 나은 항일투쟁을 해
보자. 학생이라는 굴레를 버리고 이 나라 백성이라는
마음으로 말이다."

일본의 간담을 서늘하게 하는 게 뭐가 있을지 생각했
다. 재혁은 어떻게 하면 더 조직적이고 비밀스럽게 항
일 운동을 펼칠까 고민하였다. 이번에는 좀 더 체계를
갖추고 동지들도 더 모아 본격적으로 투쟁을 해야겠다
고 다짐했다. 오택이 재혁에게 말했다.

"혁이 형은 꼼꼼하고 세심한 면이 있어서 앞에 나서는
것보다 조직을 잘 이끄는 데 꼭 필요한 사람이오. 그리
고 유사시에 상황판단을 잘하기 때문에 흥분을 잘 하는
나보다 조직운영을 잘 할 끼요."

"알았다. 그럼 일을 추진해보기로 하자. 저번에 같이
얘기한 일본제국주의와 맞서 싸우는 단체를 만들자. 이
제 본격적으로 제대로 된 항일 투쟁을 하는 거다."

재혁은 나라를 위해 뭔가를 한다는 마음에 또 한 번 가슴이 뜨거워졌다.

동국역사책 사건 이후로 나라를 걱정하던 친구들이 자기들도 같이 동참하겠다고 했다. 재혁은 미리 동참할 친구들을 알아두었다. 그들은 항일투쟁이라면 뭐든지 하겠다고 했다. 동국역사 동지인 최천택, 김병태, 박흥규는 물론이고 오택, 왕치덕, 조영상, 김인태, 김영주, 장지형 등이 먼저 합세하기로 했다. 시작 인원은 약 16명은 될 듯하였다. 비밀결사대 이름은 구세단으로 정했다. 일본제국주의와 맞서 나라를 구하자는 뜻이다. 뜻을 같이하는 동지와 항일투쟁 목표를 정해 본격적으로 나서기로 했다.

1905년 가을부터 부산과 시모노세키를 운항하는 관부연락선이 생겼다. 주로 일본인들이 우리나라로 오고 갈 때 타는 배였다. 일본인들의 왕래가 많아지자 1913년 초에 고려환이라는 연락선이 더 생겨 운항을 했다.

배를 타고 넘어온 일본인들이 부산에 터를 잡고 사는 수가 점점 많아졌다. 부산부를 시작으로 초량일대에는 일본이 뿌린 근대화의 흔적들이 점점 늘어나기 시작했다.

어느덧, 재혁이 3학년이 되었다. 1914년 4월, 새 학기가 시작된 지 얼마 되지 않는 어느 날이었다. 뜻을 같이하는 동지들을 모아 부산 중심의 비밀결사조직인 구세단이 조직되었다. 구세단 조직에 앞서 항일 청년운동은 1909년 백산 안희제 선생을 중심으로 만든 영남지역의 청년 지식인들이 결성한 '대동청년단'이 있었다. 구세단 조직 이후에는 1915년에 '조선국권회복단'과 같은 대표적인 비밀결사 조직도 생겨났다. 구세단은 소규모 비밀결사였지만 부산에서는 근대적인 교육을 받은 첫 세대들이 뭉친 청년학생운동이었다. 주로 부산진을 중심으로 한 젊은 지식층들이었다. 부산부와 가까워 근대적 물산으로 넘쳐났던 초량과 전통이 살아있는 동래 사이에서 부산진은 새로운 자각이 일어나고 있었다.

구세단은 조국광복에 이바지하기 위해 항일투사의 국내연락처 역할을 하고, 유사시에는 비밀결사대로 활동한다는 것이었다. 재혁은 동지들을 모아 놓고 앞으로의 구세단 활동을 구체적으로 의논하였다.

"너희들도 알다시피 작년에 동국역사책을 인쇄하여 배포한 일은 정말 잘한 일이었다. 그게 탄로가 나 얼마

가지 못했지만 우리는 앞으로의 항일운동에 많은 도움이 되었다고 생각해."

동지들이 고개를 끄덕이자 재혁이 나서며 말했다.

"처음 활동한 항일운동이라 부족한 점이 많았지만 앞으로 우리가 가야 할 일에는 많은 도움이 됐어. 무조건 의욕만 앞세울 것이 아니라 좀 더 세밀하게 계획했더라면 많은 사람에게 역사책을 나눠줄 수 있었을 텐데 하는 교훈을 얻었잖아. 내 생각엔 아무리 좋은 계획이 있어도 앞으로는 조직적으로 각자의 일을 일사불란하게 잘 해내야 해."

"그래, 혁이 말이 맞다. 우리 구세단 활동은 역사책 배포와는 달라야 돼. 철저하게 비밀 조직을 잘 갖추어 행동해야만 해."

재혁의 말에 듣고 있던 동지들도 주먹을 들어 보이며 의지를 보였다.

"동지들, 비밀조직을 잘 운영하는 데는 침착하고 꼼꼼하고 서로의 마음을 잘 살피는 재혁이가 제격일 것 같은데 동지들의 뜻은 어떻노?"

"물론이지, 재혁이가 적임자지."

동지들은 당연하다는 듯이 좋다고 하였다. 그래서 조

직의 책임에는 박재혁, 재정 담당은 김병태와 오택이
맡았다. 홍보 책임과 출판물 담당은 역사책 인쇄 때에
도 같이 한 박홍규가 맡았다. 남은 동지들은 각각의 조
직 아래에서 활동하기로 하였다. 재혁은 그동안 전국
에 어떤 항일 운동 단체가 있는지 알아내고, 그들이 어
떻게 활동하고 있는지에 대해서도 알아냈다. 비밀리에
항일투사의 국내 연락처 역할을 해나갔다. 본격적으로
비밀리에 연락을 하며 구세단 활동을 알리기 시작했다.
부산, 경남을 중심으로 활동을 하려 했던 구세단은 재
혁의 노력으로 빠르게 전국규모로 활동무대가 커져갔
다. 홍보를 맡은 박홍규는 구세단 단보를 만들어 부산,
경남 일대에 있는 애국 단체들과 청년들에게도 나누며
비밀리에 동지들을 모았다. 구세단 활동을 알리는 방법
은 한 달에 한 번씩 잡지를 간행하여 동지들에게 나누
는 것이었다. 동지들은 잡지가 오는 날을 기다렸다. 흩
어져 활동하는 이들에게는 잡지를 통해 여러 곳의 사정
을 잘 알 수 있었다. 물론 비밀스런 사건은 자연스러운
암호로 처리했다. 구세단은 빠르게 정착되어 전국적으
로 확대되어 활동무대가 넓어졌다. 동지들은 구세단 활
동이 빠르게 확산되어 가는 것이 경이로웠다. 서로의

책임이 점점 무거워져 가는 것 같아 걱정이 되기도 했지만 한편으로는 일본의 손아귀에 들어있는 우리들이 얼마나 독립을 원하는지 알 수 있었다. 그럴수록 재혁은 철두철미하게 조직망을 만들어나갔다. 재혁은 각 지역의 애국단체를 찾아다니며 구세단을 알렸다. 그러면서도 안으로는 학교의 부당함을 교장에게 찾아가 따지기도 했다. 일본 학생과 조선학생을 차별하는 교육제도에 분개했다.

1910년대 부산공립상업학교 전경

8

한 여인만을 사랑하겠노라

부산진 매축공사가 시작되면서 자성대 주변 바다는 점점 육지로 변해갔다. 갈매기 떼가 갈대숲에 깃들어 먹이를 찾는 모습도 다시는 볼 수 없게 되었다. 학교를 오갈 때마다 공사하는 모습을 보는 것도 지겨웠다. 코앞에 있던 잔잔한 바다가 멀어져 가고 있었다. 트럭으로 실어 나르는 흙이 자꾸만 아버지와 재혁의 추억을 깊은 땅속으로 묻어갔다.

　"아버지와의 추억이라곤 자성대와 영가대 주변밖에 없는데……. 놈들이 나라를 빼앗는 판국에 아름다운 우리 강산과 우리 문화를 지켜줄 놈들이 아니지."

　땀에 배어 누렇게 된 흰옷을 입은 사람들이 지게로 흙을 나르고 있었다. 어린 시절 자라난 동네 앞바다가 일본의 야욕으로 서서히 매립되어 갔다. 영가대 주변을 돌면서 보았던 수양버들 아래서 배를 만드는 목수들도 떠올랐다. 재혁은 태어나고 자란 동네의 풍경을 사진 찍듯이 하나하나 가슴에 담았다.

일본은 야금야금 조선의 모든 것을 갉아먹고 있었다. 재혁은 구세단 조직을 위해 밤낮없이 뛰어다녔다. 언제부턴가 아들의 공부를 더 이상 질책하지 않던 어머니가 학교에서 돌아오는 아들의 행색을 보며 말했다.

"혁아, 오늘도 많이 돌아다닌 모양이구마. 아무리 나라를 위해 뛰어다닌다고 하지만 행색이 그래서야 되겠느냐? 전에도 말했지만 어미가 바느질을 하는 사람인데 옷이라도 정갈하게 입고 다니라. 모자도 단정하게 쓰고."

재혁은 어머니 말씀이 옳은 것 같았다. 속으로 지지해 주는 어머니가 죄송하고 감사할 뿐이었다. 독립운동을 한다는 사람이 누추한 복장으로 다니면 마치 일본에 짓밟혀 누더기가 되어가는 우리나라의 힘든 모습을 반영하는 것 같기도 했다. 재혁은 흙이 묻고 때가 낀 옷이 돌아다니기에는 편했다. 어머니가 깨끗하게 빨아 준 옷도 그냥 두고 귀찮아서 입던 옷을 계속 입고 다녔던 것이다. 저녁이면 또 더러워질 텐데 하고 말이다.

"예, 저는 어머니가 힘드실까 봐 더러워도 편하게 입으려고 했는데 앞으로는 행색을 바르게 하고 다니겠습니다."

재혁은 다음 날부터는 단정하게 입고 학교를 다녔다. 친구들과 동지들은 멋쟁이 재혁이라고 치켜세우며 농담을 했다.

"혁아, 조각 같은 얼굴에 옷까지 그렇게 입으니 정말 멋지다. 혹시 좋아하는 일신여학교 여학생이라도 생겼나? 빨리 이실직고해라. 어느 댁 규수고?"

재혁이 속으로는 우스웠지만 제법 진지하게 말했다.

"공부하는 여학생인지, 어느 댁 규수인지는 말해 줄 수는 없지만 죽을 때까지 일편단심 한 여인만을 사랑하기로 했다. 됐나?"

오택은 동지들이 솔깃해하며 재혁 앞으로 다가가는 모습을 보며 빙그레 웃기만 했다. 오택은 재혁이가 평생을 사랑하겠다는 여인을 알고 있었다. 친한 천택 또한 재혁에게 한 여인만을 사랑하겠노라고 말을 한 적이 있다. 그때가 떠올랐다. 오택은 이미 혼례를 했고, 재혁은 천택과 함께 증산에 올라 맹세한 적이 있었다.

"나, 박재혁과 최천택은 어떠한 일이 있어도 풍전등화 같은 나라를 위해 몸 바칠 것이다. 나라가 독립이 되기 전에는 어떤 여인도 좋아하지 않을 것이며 결혼도 하지 않겠다."

이어 천택도 맹세를 했다.

"나, 최천택과 박재혁은 나라가 독립이 될 때까지 결혼도 하지 않을 것이며, 여인에게 마음을 빼앗기지 않음을 맹세한다."

오택이 재혁 둘레에 모여 있는 동지들에게 짐짓 심각한 표정을 지으며 말했다.

"동지들은 들어라. 재혁 형이 누구를 사랑하는지 말해 주겠다."

동지들은 눈이 휘둥그레졌다.

"뭐라고? 오택이 니는 알고 있었나? 와! 진짜 심하네. 우리한테까지 비밀이었단 말이가? 우리 구세단 비밀결사대가 정말 비밀이 많네. 어서 말해 봐라. 누고?"

재혁이 오택 곁으로 오더니 손을 잡으며 말했다.

"비밀 말해 줄 테니 너무 흥분하지 마라. 나는 맹세했다. 나라를 되찾기 전에는 오로지 우리를 위해 인내하며 뒤에서 지지해주시는 어머니만을 사랑하기로 말이다. 됐나?"

동지들은 호기심에 어린 눈으로 보다가 재혁의 말에 더 웃었다.

"와! 그거는 당연한 거 아니가? 억수로 궁금했는데 김 샜다."

그러나 동지들은 겉으로는 웃었지만 재혁의 말에 더 의미심장함이 깃들어 있음을 알고 숙연해졌다. 그러면서 모두들 두 주먹을 불끈 쥐었다. 작지만 단호한 목소리로 외쳤다.

"우리에겐 오로지 대한 독립! 독립뿐이다."

재혁은 학교도 결석하는 날이 많아졌다. 구세단이 전국적으로 알려지다 보니 조직운영에 신경이 많이 갔기 때문이다. 구세단에 들어오려는 사람들을 일일이 알아보고 일본의 끄나풀은 아닌지 고등계 형사들이 풀어놓은 일본의 앞잡이가 아닌지 신중하게 만났다.

이곳 저곳을 돌아다니다 보니 우리들이 사는 지역과 일본인들이 우리나라에 건너와 사는 지역의 생활환경이 너무나 다르다는 것을 절실히 느꼈다. 초량 왜관에만 살았던 일본인들은 왜관 안에 있던 두 개의 우물을 이용하였다. 그러나 개항이 되고 많은 일본인이 부산에 모여들게 되자 먹는 물이 모자랐다. 일본인들이 거주하는 지역에만 상수도를 놓고 깨끗한 물을 끌어와 자기들만 독점하였다. 조선인들 지역은 날로 더러워지는 물을 먹어야 했다. 재혁은 그냥 두고 볼 수가 없었다. 우리들이 사는 지역에 돌아다니며 일본의 부당함을 알렸다. 재혁은 주민들과 함께 일본에게 맞섰다.

"조선 사람이 사는 곳에도 수도 시설을 하라! 너희들이 더럽히는 금수강산이 오염되고 있다. 이제는 아무 곳에서나 떠다 먹던 물도 못 먹겠다. 모두 니들 때문이다. 그러니 똑같이 수도시설을 하라."

이렇게 강력하게 요구하는 재혁이 단연 눈에 띄게 되었다. 일본형사들은 재혁을 감시하기 시작하였다. 악랄하기 그지없는 고등계 형사들은 조선인을 앞잡이로 세우고 조그만 일에도 빌미를 삼아 사상자로 낙인찍어 독립운동을 막았다.

구세단원들은 비밀리에 열심히 독립을 위해 애썼다. 6개월쯤 지났을까. 빠르게 진행되던 구세단 활동에 제동이 걸리고 말았다. 재혁, 오택은 물론이고 구세단 간부들 집으로 고등계 형사가 들이닥쳤다. 다행하게도 미리 이런 일에 대비하여 만반의 준비를 해 놓았던 덕에 구세단에 대한 어떤 증거도 나오지 않았다. 하지만 철저하지 못한 학우들에 의해 구세단 활동의 중요한 일부 서류가 압수되고 말았다. 주동자이면서 주요 직책을 맡았던 박재혁을 비롯한 오택, 김인태, 박홍규가 잡혀갔다. 일주일 동안 모진 고문이 계속되었다. 이들은 입을 꼭 다물었다. 그러나 일본형사들이 풀어놓은 앞잡이들에 의해 많은 동지들이 잡혀갔다. 뒤에 잡혀 온 동지들도 입을 굳게 다물어 잡혀 오지 않은 많은 동지들을 구할 수가 있었다. 일본형사들은 혀를 내두르며 지독한 조센징이라고 욕하고 발길질을 해댔지만 더 이상 소득이 없었다. 고문을 당한 구세단 동지들의 마음은 한결같았다.

"너희들이 아무리 우리를 짓밟아 보아라. 그러면 그럴수록 우리는 더 강해질 것이다."

자식들이 구세단 사건으로 잡혀가자 부모들의 마음은 찢어졌다. 우선 빨리 이들을 풀려나게 하려고 사방팔방으로 뛰어다녔다. 부모들은 일본의 입맛에 맞게 구세단을 자진 해산시키겠다고 서약을 하고 석방을 시켰다. 주요 동지들의 실망은 이만저만이 아니었다. 다들 고문 후유증을 벗어나기 위해 좀 더 때를 기다리며 힘을 키우기로 했다. 그러나 재혁은 더 큰 꿈을 꾸었다.

부산공립상업학교 제4회 졸업사진
맨 뒷줄 왼쪽에서 세 번째가 박재혁 의사

9

독립운동을 위해 넓은 세상으로

구세단이 강제해산 된 이후로 재혁은 부산에서만 활
동하기에는 너무 좁다고 생각했다.

'좀 더 넓은 데로 나가야겠다. 부산은 감시가 너무 심
하니 울산, 경주, 김해, 밀양 등지를 여행하는 모양새로
위장하여 다니며 동지들을 모아보자.'

재혁은 청년들을 모아 독립투쟁을 이어나갔다. 그 후
밀양지역에 조국을 위해 청춘의 일편단심을 합한다는
뜻의 일합사라는 비밀결사대와 활동을 했다. 구세단이
해산되기 전에는 두 비밀단체가 서로 왕래를 하고 있어
서 재혁이 활동하는 데도 그리 어렵지 않았다. 그러는
동안 재혁은 천택과 함께 밀양에서 훗날 의열단 단장이
될 김원봉을 만났다. 깊은 대화를 나눈 천택은 김원봉
이 중국에 가서 독립운동을 하고 싶어 한다는 걸 알게
되었다. 천택은 백방으로 수소문 끝에 김원봉을 천진의
독일계학교인 덕화학당에 입학하도록 힘써 주었다. 공
부를 위해 유학을 간다고 해야 일본이 의심을 하지 않

을 것 같아서였다. 재혁은 국내에서의 독립운동이 어려우면 국외에 나가서라도 할 수 있겠다는 희망을 품었다.

재혁이 졸업을 하는 시기가 되었다. 그동안 항일운동을 한다고 집안은 어머니께 맡겨놓다시피 하고 신경을 쓰지 않았다. 아버지의 병환에 팔아 쓰고 조금 남은 밭과 논에서 먹을 양식은 조금 나왔지만 넉넉하지 않았다. 어머니는 솜씨가 좋아 계속 바느질감이 들어왔다. 재혁은 고민에 빠졌다.

"어서 취직을 해야 어머니가 좀 편안하실 텐데."

재혁은 나라를 위해 몸 바치기로 하였지만 불쑥불쑥 올라오는 집안 걱정은 어쩔 수가 없었다. 이제 여섯 살밖에 안 된 여동생도 걱정이 많이 되었다. 명진이는 총명하고 아주 예쁘게 자라고 있었다. 오빠인 재혁에게 이것저것을 물어보는 모습이 여간 똑똑하지 않았다. 어디서 들었는지 일신여학교에 대해 말했다.

"오빠야, 나는 좀 더 크면 일신여학교에 다닐 거다. 거기서 공부도 하고 외국말도 배우고 할 끼다."

재혁이 야무지게 말하는 동생이 귀여워 장난스럽게 말했다.

"그래? 명진아. 공부는 배워서 뭐하게? 어머니가 일찍 시집보내면 우짤라고?"

"아이다. 어머니는 내 말 들어 줄 끼다. 어머니가 오빠는 하고 싶은 거 있으니 됐다고 하더라. 어머니가 나도 신식학교에 보내준다 했다. 나는 이다음에 여학교 선생님이 될 끼다. 그래서 어머니하고 같이 살 끼다."

재혁이 동생이 하는 말을 들으니 마음이 많이 아파왔다.

'그래, 오빠가 열심히 독립운동하면 좋은 세상이 올 끼다. 명진아, 조금만 기다려라.'

재혁은 어린 동생을 꼭 안아주었다.

"우리 명진이 야무지고 똑똑해서 좋은 선생님이 될 끼다. 일신여학교는 호주에서 온 분이 만들어서 공부 열심히 하면 호주에 유학도 갈 수 있다. 알았제?"

"진짜가? 그라면 유학 갈 때 어머니도 같이 가야 된다."

천진난만한 어린아이라 진지하게 받아들이는 것 같았다.

"오빠는 우짜고?"

"맞네. 오빠는 우짜지? 쉿! 오빠는 천택이 오빠하고 맨날 붙어서 중요한 일 한다꼬 하는데 떨어지면 안 된다 아이가. 둘이서 중요한 일 해야지."

명진이를 어린아이로만 알았는데 말도 신중하게 골라

가며 했다. 어린 명진이를 보니 한편으로는 마음이 착잡해왔다.

재혁은 계속 독립운동을 하려면 집안에 조금이라도 보탬을 주고 나서 해야 나중에 후회가 없을 것 같았다. 취직을 하기로 하였다. 그러나 마음에 드는 일자리가 없었다. 일본인들이 경영하는 회사에는 추호도 들어가고 싶지 않았다. 일본은 회사령을 만들어 일본인에게 우월한 조건으로 회사를 차리게 허락했다. 회사를 차리려면 허가를 받아야 하는데 우리나라 사람에게는 허가를 잘 해주지 않았다. 그러니 우리나라 사람이 운영하는 회사는 제대로 된 회사가 없었다. 이는 일본이 우리 민족자본의 축적을 막아 독립운동자금으로 쓰려는 것을 막으려는 수작이었다. 재혁은 빨리 돈을 벌어 집안에 보탬을 주고 독립운동을 하려면 어디라도 취직을 해야 했다. 고민을 거듭한 끝에 재혁은 졸업을 한 다음 해인 1916년 4월에 조선와사전기회사에 취직을 했다. 전차차장으로 일을 하게 되었다. 재혁은 일본인들이 주로 이용하는 전차에서 일하는 게 자존심이 허락하지 않았다. 우리 땅을 짓밟는 일본인들의 발이 되기 싫었다. 재혁은 어머니가 집안 걱정을 조금이라도 덜게 하려고 참고 다녀보려고 애썼지만 마음은 점점 멀어져갔다. 더군 다나 학창시절 항일투쟁 이력이 전차회사에 발각되어 회사에서는 해고를 시키려고 벼르고 있었다.

"얼마 안 있으면 추석인데 명절은 지나고 그만둬야겠 다."

재혁은 작정을 하고 나니 마음이 편안해졌다. 추석이 다가오고 있었다. 토지조사사업으로 많은 토지들이 동 양척식주시회사를 통해 일본인들에게 넘어갔다. 우리 는 아무리 열심히 농사를 지어도 늘 부족한 형편이었 다. 어려운 가운데에서도 고유의 명절은 잘 지켜 나갔 다. 추석에는 조상들께 감사를 드리는 차례를 지내느라 평소보다는 평화롭고 풍요로워 보였다.

추석 다음날, 많은 사람들이 거리를 나왔다. 도로를 따라 달리던 전차에도 오랜만에 우리나라 사람들도 많 이 보였다.

오후 2시쯤 명절 분위기를 망치는 엄청난 사건이 일 어나고 말았다. 일본인 운전사가 모는 전차가 영가대를 출발하여 다음 정류소인 부산진 입구로 가고 있었다. 그때 전차 운전사가 운전을 하며 전차에 탄 부산경찰서 일본경찰과 잡담을 하고 있었다. 정신을 다른 곳에 쓰고 있던 운전사가 앞을 제대로 보지 않고 운전을 하다 큰 사고를 내고 말았다. 전차 선로를 건너고 있던 사람들을 미처 발견하지 못하고 사고를 냈다. 사고를 당한 사람들은 차마 눈 뜨고는 볼 수 없을 정도로 참혹한 모습으로 쓰러져 있었다. 주변에는 피가 튀고 살점이 으스러져 있었다.

1915년 부산에 개통된 전차는 우마차나 인력거를 이용하는 우리들에게는 놀라운 물건이었다. 다들 두려워하며 혀를 내둘렀다.

"저것은 분명 전깃불을 잡아먹고 달리는 괴물이다. 괴물!"

사람들은 전차를 못마땅해했다. 그렇게 생각하던 차에 처참한 사고가 났으니 사람들은 화가 나 전차에 돌을 던지고 운전사를 끌어내 흠씬 두들겨 팼다. 급기야 분노가 폭발한 군중들은 엄청난 크기의 전차를 선로에서 밀어 전복시켜버렸다. 뿐만 아니라 뒤이어 영가대에서 오던 전차도 유리창을 깨뜨리고 전복시켰다. 군중들은 억눌렸던 분노를 폭발하며 항의했다. 그러나 일본 경찰이 철로를 에워싸고 일부 경찰은 주동자들을 잡아가기 시작했다. 서른 명이나 되는 우리나라 사람들이 잡혀갔다. 그 사건을 접한 재혁은 치를 떨었다. 빨리 전차회사를 그만두지 못한 자신이 부끄러웠다.

전차회사를 그만둔 어느 날, 재혁이 천택에게 헤진 미투리를 보며 말을 했다. 천택도 합천 금융조합에 서기로 일하다 일본인 밑에서 일하기가 싫어서 그만 두었다.

"천택아, 니 고무신 봤나? 질기기가 소 힘줄 보다도 더 질기다더라."

"와? 고무신이 신고 싶나? 여간 비싸야 말이지."

"그러니까 내가 자금이 좀 모이면 싱가포르에 가서 고무나무 재배법을 배워 올란다."

천택은 신중하게 말하는 재혁을 보며 생각난 듯이 말했다.

"전에는 기름 없이 가는 자동차 바퀴를 발명한다더니 그거는 우찌 됐노?"

"그래, 맞다. 내가 그런 적이 있제? 기름 한 방울 안 나는 우리나라에서 기름 없이 가는 자동차 바퀴를 만들면 얼마나 경제적이고? 내가 바퀴 축을 수학적으로 계산해서 꼭 만들어 볼 끼다. 좀 있어봐라. 이럴 때는 내 몸

이 몇 개 더 있었으면 좋겠다. 먼저 싱가포르 가서 고무
나무 재배법부터 해결하고. 또 인삼무역도 알아볼라고.
우리 인삼이 세계 최고 아이가?"

"알았다. 꼭 성공해서 나라도 되찾고 기름 없이 가는
자동차 만들어 부자 나라로 만들어 보자."

재혁은 나라를 위해 할 일이 너무나 많다는 생각을 했
다. 몸이 하나여서 안타까울 지경이었다.

10

조국이 부르는 운명의 만남

전차 회사를 나온 재혁은 경북 왜관에 있는 오촌 아재뻘 되는 박국선을 찾아갔다. 아재는 곡물 무역상을 운영하고 있었다.

"아재, 그동안 안녕하셨습니꺼?"

"오, 그래, 혁이 왔나? 그 전차회사 잘 그만뒀다. 여기서 일 배우면 니가 하고 싶은 것도 할 수 안 있겠나? 형님 돌아가시고 공부한다고 욕봤다. 형수님도 애쓰셨고."

"아재, 제가 여기서 일하면 아재 사업에 걸리적거리지 않겠습니꺼? 일본 놈들이 저를 곱게 안 보는데예. 저는 오로지 한 가지 뜻밖에 없는데예."

"혁아, 내가 왜 니를 모르겠노. 형님 피를 니가 타고 났는데 그게 어데 가겠노? 학교 다닐 때 장한 일 한 거 내 다 안다. 그때는 보고만 있었지만 이제는 니도 어른이다 아이가. 내가 도울 게 뭐 있나. 이런 거 밖에는. 그러니 편하게 일해라. 여기 있으면 외국 물정도 잘 알 수 있다. 내 말 무슨 뜻인지 알겠제? 좀 더 넓게 세상을 보라고 그라는 기다."

"예, 일본 놈 미워하는 거 티 많이 안 내고 아재 회사 손해 안 보게 잘 해볼게예."

재혁의 뜻을 안 박국선은 재혁에게 무역하는 일을 가르쳤다. 재혁은 무역 일을 배우면서 외국으로 드나드는 화물선의 노선도 잘 파악해 두었다. 그러면서 해외로 나갈 기회를 엿보고 있었다. 믿을 만한 선원을 통해 해외에서 독립운동을 하는 지역과 사람들과도 연락을 하며 때를 기다렸다.

드디어 1917년 6월 재혁은 박국선에게 무역거래대금 명목으로 700원이라는 거금을 받아 상해로 갔다. 우리나라에 필요한 물자를 수입해 경제에 보탬이 되고 독립자금을 모아보려는 사업을 하려고 하였다. 겉으로는 무역이 목적이었지만 속으로는 독립운동을 하기 위한 것이었다. 말없이 재혁을 믿고 거금을 내주는 아재가 고마웠다. 재혁은 독립운동 외에 우리나라 경제에도 많은 관심을 가졌다. 일본의 야욕에 모든 경제권이 넘어가고 우리에게는 사업도 못하게 막으니 애가 탔다. 재혁은 상해에서 독립운동을 하고 있는 동지들과 만나며

나라를 걱정했다. 이듬해 1918년 6월 부산으로 돌아 왔
다. 박국선은 그 많은 돈을 어디에 썼는지 묻지 않았다.
재혁은 집에 머물며 국내 동향을 살폈다. 천택으로부터
많은 얘기도 들었다.

"천택아, 내 없는 동안 우리 집안 돌봐줘서 고맙다."

"혁아, 니 내랑 형제 아이가? 아들이 어머니와 동생 돌
보는데 그런 말을 하면 되나."

"명진이도 이제 보통학교에 다니고 어서 커야지."

"혁아, 명진이가 그라데. 지는 일신여학교 갈 끼라고.
니한테 호주 유학간다고 했다 그라데. 진짜 똑 부러진
다. 공부도 잘하고."

"그래, 천택아, 내가 없더라도 우리 어머니, 동생 잘
부탁한다."

"알았다. 나는 국내에서 할 일이 많다. 그러니 니는 국
외에서 동지들과 독립 운동해라. 여기는 걱정 마라. 니
와 내는 한 몸이다. 반은 국외에 반은 국내에 있다고 생
각해라. 알았제?"

"그렇게 생각하니 마음이 좀 편안하네."

천택을 만나고 집으로 온 재혁은 어머니와 오랜만에
마주 앉았다. 그 사이에 주름이 많이 진 어머니 얼굴을

보니 가슴이 짠해지며 눈시울이 뜨거워졌다. 어머니는 눈치를 채고 얼른 재혁의 손을 잡으며 말씀하셨다.

"장부가 큰일을 하는데 마음이 그렇게 약해서야 되겠나. 나는 분에 넘치는 아들을 얻어 마음을 비운 지 오래다. 그러니 괜찮다. 나라에 니를 바쳤으니 어미는 걱정 말고. 큰일 하는 아들에게 집안 걱정은 안 하게 하고 싶다. 무슨 일이 있으면 천택이 하고 의논할 테니 아무 걱정 말아라."

재혁은 목이 멘 듯 아무 말이 없었다. 조용히 일어나 어머니에게 큰절을 올렸다. 어머니 무릎에 이마를 대고 한참을 있었다. 어머니는 재혁의 머리카락을 쓰다듬어 주고 어깨를 토닥거려 주셨다.

재혁은 마음의 준비를 하고 다시 상해로 갔다. 상해에서 다시 싱가포르로 간 재혁은 남양무역주식회사에 취직을 하였다. 생각해 두었던 고무나무 재배법에 대해 알아보았다. 그러나 우리나라 기후에는 자랄 수 없는 나무였다. 고무신이 비싸서 엄두도 못내는 사람들에게 싼 값에 고무신을 신게 하고 나라 경제도 일으키려 했으나 꿈은 아쉽게도 접어야 했다. 고무판을 사서 오택에게 보냈으나 고무신 만드는 기술이 없어 이것 또한 무산이 되었다. 상해와 싱가포르를 오가며 인삼무역상들과 함께 무역을 하였다. 상해는 일본의 손아귀에서 자유로운 곳이라 독립운동을 하는 동지들을 많이 만날 수 있었다. 상해에서 주로 활동한 이유는 프랑스와 일본의 대립으로 인하여 프랑스 경찰이 그들의 조계지역에서 우리 독립운동가들을 보호했기 때문이다.

재혁이 없는 동안 나라 안에서는 많은 일이 일어나고 있다는 소식이 들려왔다. 고종황제가 승하했다는 소식이 들리고, 백산상회는 상해임시정부와 손잡고 항일운동을 전개한다고 비밀리에 들려왔다. 고종황제의 장례식이 거행된 3월 1일에 3·1운동이 일어나기 시작했고, 뒤이어 일신여학교 학생들의 독립만세운동 소식이 날아왔다. 이 일을 계기로 부산의 큰 시장과 거리에서는 독립만세운동이 여기저기서 일어나고 있다고 했다.

재혁은 1919년, 그해 초겨울 의열단이 조직되었다는 소식을 들었다. 일합사에서 활동하던 동지들과 자주 왕래를 할 때 만났던 김원봉이 단장이라고 했다. 다음해 재혁은 본격적으로 독립운동에 투신하기로 마음먹고

무역업을 정리했다. 먼저 상해로 건너가 의열단원이 된 구세단의 동지 김인태의 권유로 의열단에 가입했다. 김원봉을 다시 만난 재혁은 반갑기 그지없었다.

그동안 김원봉은 많이 달라져 있었다. 오로지 조국의 독립이라는 하나의 목표를 향해 나아가고 있었다. 김원봉과 얘기를 나누면 그의 뜨거운 조국애를 느낄 수 있었고, 조국에 대한 열정적인 강연에 탄복하여 동지들은 아무리 두려워도 용기가 났다. 그는 동지들에게 믿음을 주었고 감동을 줄 만큼 진정한 사람이었다. 의열단을 조직한 김원봉은 이렇게 말했다.

"3·1운동은 일제의 잔혹한 탄압에 견디지 못하고 많은 희생자만 내고 실패로 돌아갔소. 이제 우리는 민족독립을 위해서는 오로지 조직적인 무장 투쟁과 폭력 수단만이 필요하오."

김원봉은 의열단 창단에 앞서 이종암과 함께 3개월에 걸쳐 폭탄 제조법을 배웠다. 길림으로 돌아와 뜻을 같이하는 옛 동지들과 뒤이어 독립운동을 위해 망명한 곽재기, 윤세주, 윤치형과 함께 폭탄제조법을 배운 뒤 의열단을 창단하였다. 의열단의 활동 목표는 암살과 파괴 방식으로 강도 높은 독립 투쟁을 벌이는 것이었다.

재혁은 의열단 공약 10조 중 마음에 드는 것이 1조, 2
조, 3조였다.

1. 천하에 정의로운 일을 맹렬히 시행하기로 한다.

**2. 조선의 독립과 세계 만인의 평등을 위하여 몸과 목
숨을 희생하기로 한다.**

**3. 충의의 기백과 희생정신이 확고한 자라야 단원이
될 수 있다.**

의열단에 입단한 재혁은 많은 훈련을 받았다. 국내에
서 독립운동을 하던 것과는 차원이 달랐다. 의열단원들
은 마치 특별한 종교의 신도처럼 생활했다. 수영, 테니
스, 등 여러 운동을 섭렵하며 항상 건강한 신체와 정신
을 유지했다. 날마다 저격 연습을 했다. 폭탄 제조법과
투척 방법도 배우고 위장술도 익혔다. 중요하게 여기는
것이 또한 독서여서 열심히 책도 읽었다. 특별한 임무
에 알맞은 심리상태를 유지하기 위해 항상 쾌활함을 유
지하며 오락도 했다. 단원들의 생활은 명랑함과 심각함
이 기묘하게 얽혀있는 것이었다. 언제 죽음을 맞이할지
알 수가 없어 살아 있는 한 자유롭게 생활했다.

외출을 할 때는 최고의 복장으로 나갔다. 머리는 가
르마를 선명하게 하고 깔끔하게 빗어 양옆으로 넘겼다.

기름을 발라 바람이 불어도 흩날리지 않게 하였다. 중절모를 쓰고 구두는 항상 반질반질 했다.

재혁은 의열단에서 훈련을 받으며 어머니가 항상 옷차림을 깔끔하게 하라는 말씀이 생각났다. 훈련을 마친 재혁은 이제 조국의 부름만을 기다리고 있었다. 1920년 봄, 재혁은 굳은 결심을 하고 모든 것을 정리하기 위해 부산으로 왔다. 틈틈이 국내 동정을 살피고 국내 독립운동을 살폈다. 어머니는 이미 결심한 듯 말씀하셨다.

"천택이 니가 의열단에 가입했다고 하더구나. 이제는 부산보다 상해에 있는 날이 많겠구나. 아버지와 우리가 살던 이 집은 니 것이다. 집을 팔아서 자금으로 가져가거라. 나는 명진이와 방 한 칸이면 얼마든지 살 수 있다. 둘이 있기엔 이 집이 너무 크고 아버지 생각, 니 생각이 나서 허전할 때도 많아 여기에 살기 싫다."

재혁은 어머니의 말씀에 또 한 번 불효를 저지르는 것 같았다.

'어머니가 온 가족이 단란하게 살던 이 집에 얼마나 애정이 많으셨는데.'

재혁은 불효인 줄 알지만 천택과 오택과 함께 의논하여 집을 팔고 조금 남은 논밭도 팔았다. 천택도 자기 집을 팔아 독립자금으로 주었다. 오택은 집안이 넉넉하여 항상 독립자금을 대주고 있었고, 부산경찰서 고등계 일본형사들을 돈으로 매수해 큰일이 있을 때마다 슬슬 잘 넘어가게 하였다.

얼마가 지나자 의열단의 1차 거사 소식이 비밀리에 전해졌다. 재혁이 부산에 온 뒤 상해에서는 어렵게 구한 폭탄 16개와 폭약, 권총, 탄환을 곡물 운송품으로 위장하여 들여와 밀양과 진영에 비밀리에 보관해 두었다고 하였다. 이 무기로 국내에 있는 주요 일제기관을 동시에 폭파시키려고 한 계획이었다. 그 임무를 띠고 의열단원 황상규와 단원 10명이 국내로 잠입하였다. 이들은 서울, 부산, 마산, 밀양에 배치해 동시에 거사를 하기로 계획하였다. 그러나 폭탄 밀송과 은닉 사실이 일본 경찰에 알려져 가담한 20여 명이 잡혀가 거사는 무산되고 말았다. 의열단 초기의 계획이 무산되자 상해에 있던 김원봉은 분노했다.

"내 이놈들을…! 그냥 안 둔다. 조금만 기다려라."

김원봉은 복수를 하기 위해 또 다른 거사를 준비했다. 밀양, 진영 무기 은닉 발각으로 의열단에서는 많은 단원들이 잡혀가자 조금 위축된 모습을 보였다. 황상규를 비롯한 단원들이 부산경찰서에 투옥되어 모진 고문을 받고 있었다. 김원봉 단장은 부산에 있는 박재혁 단원에게 100원을 송금했다.

'돈을 받는 즉시 상해로 돌아오라.'

재혁은 무더운 여름 상해로 돌아갔다. 어느 곳, 어느 시간이든 모이라고 요청하면 필히 가야 하는 것이 의열단의 규칙이다. 상해로 돌아온 재혁은 김원봉의 거사 계획을 듣는다.

1910년대 후반 영가대 옆을 지나는 기차

11

적의 심장에 폭탄을 던져라

"박재혁 동지, 적의 심장에 폭탄을 던지고 오시오. 조선총독부로 가든지, 지금 우리 동지들이 악랄한 고문을 받고 있는 부산경찰서로 가든지. 박 동지가 나서서 적의 간담을 서늘하게 하고 돌아오시오."

의열단장 김원봉이 단호한 어조로 말했다.

"조선총독부를 폭파시킨다면 일본의 악랄함을 세계만방에 알릴 수 있을 것이고, 부산경남 일대의 적의 심장부인 부산경찰서로 간다면 서장 하시모토를 죽이고 오시오. 지금 부산경찰서에는 많은 동지들이 고문을 당하고 있지 않소. 그게 다 하시모토의 짓이오. 국내사정을 봐가며 실행에 옮기시오. 동지가 나서야 할 절호의 기회가 왔소."

"알겠습니다. 조선총독부의 심장에 폭탄을 던지고 싶지만 여건이 안 되면 악질 하시모토를 죽이고 오겠습니다."

김원봉은 밀양과 진영에서 있었던 폭탄 은닉 발각으

로 잡혀 있는 동지들을 생각하며 이를 갈았다. 부산경찰서에는 경남에서 활동하는 항일투사를 잡으려고 전국에서 가장 악랄한 일본형사들과 조선 앞잡이들이 있었다. 이들의 고문 또한 잔인하기 그지없었다.

"박재혁 동지, 죽이더라도 그냥 죽여서는 안 되오. 반드시 누구 손에 무슨 까닭으로 죽어야 하는지 꼭 알리시오. 그런 다음에 죽이시오."

재혁은 대답 대신 이를 악물고 고개를 끄덕였다. 김원봉은 마지막 말에 힘을 주었다.

"그리고 꼭! 돌아오시오. 여기까지가 박재혁 동지의 임무요."

이미 훈련을 잘 받은 재혁은 마음가짐을 단단히 하였다. 재혁은 바로 거사를 준비했다. 9월 초 국내로 들어가기로 계획을 세웠다. 우선 하시모토에 대해 조사를 했다. 단서 하나가 재혁의 계획에 걸려들었다.

〈하시모토는 중국고서를 좋아한다. 그는 중국고서라면 닥치는 대로 사 모은다.〉

"옳지 됐군. 하시모토에게는 중국 고서적 상으로 꾸며 접근해야겠군."

재혁은 상해를 떠나기 전 중국 고서를 사들였다. 사

모은 고서들을 다 읽고 이해를 했다. 중국말은 무역상을 하며 익힌 터라 유창했다. 모든 준비가 끝나자 상해를 떠났다.

　일본으로 가는 수출선에 훤칠하고 잘 생긴 중국인 한 사람이 중국 고서를 한 짐 지고 배에 올랐다. 그는 황해를 거쳐 일본 나가사끼로 간다고 했다. 그는 멀어져가는 상해 항을 바라보다가 망망대해로 고개를 돌렸다. 중국인 고서적상이 잠시 모자를 벗자 재혁의 얼굴이 드러났다. 재혁은 서적 상자를 조심히 만졌다. 그 안에는 중국 고서적과 폭탄 1개, 거사자금 3백 원과 상해로 돌아오는 여비 50원이 들어 있었다. 나가사끼에 도착한 그는 이제 시모노세끼로 가야 한다. 거기에는 부산과 시모노세끼를 왕래하는 부관연락선이 있었다. 그러나 연락선은 타고 내릴 때 일본경찰의 심한 감시를 받아야 해 내키지가 않았다. 여기저기 알아보던 차에 좋은 뱃길을 알아냈다. 나가사끼에서 대마도 이즈하라항을 거쳐 부산으로 가는 뱃길이었다. 감시도 심하지 않았다. 나가사끼를 떠나기 전 재혁은 상해에 있는 동지에게 봉합엽서를 띄웠다. 재혁은 마음이 상한 상인의 편지처럼 내용을 적고 중요한 비밀은 암호로 적었다.

"어제 나가사끼에 잘 도착했음. 상황이 뜻대로 잘 되어가니 이것은 여러분의 염려 덕분이오. 초가을 서늘한 바람에 몸과 마음이 상쾌하니 아마도 좋은 일이 있을 듯하오. 그대 얼굴 다시 보기를 기약할 수는 없소. 별도로 다른 길이 있어 그전보다 더 좋을 듯하니 잘 생각하면 알 수 있소.

1920.9.4 臥膽(와담) 拜(배)

熱落仙他地末古(연락선 타지 말고)
大馬渡路徐看多(대마도로서 간다)

암호로 사용한 한자를 뜻으로 풀이하지 않고 한글 음으로 읽으면 암호가 풀린다. 재혁은 본명을 편지 끝에 쓰지 않고 와담(臥膽)이라는 호를 썼다. 와담은 와신상담(臥薪嘗膽)을 줄여 쓴 것이다. 와신상담이란 섶에 누워서 쓸개를 맛본다. 원수를 갚기 위해 온갖 괴로움을 참고 견디다란 뜻이다. 재혁이 얼마나 일본을 저주하고 나라의 원수를 갚으려 했는지 스스로 지은 호만 봐도 잘 알 수 있다. 이렇게 하여 재혁은 9월 초순 대마도를 거쳐 부산으로 귀국하였다. 오자마자 옛 동지 중 의형제를 맺은 천택과 오택을 만났다. 상해에서 갑자기 재혁이 돌아오자 천택과 오택은 궁금했다. 재혁이 목소리를 낮춰 말했다.

"거사를 치르러 왔다. 조선총독부 폭파, 국내사정이 어려우면 부산경찰서장 하시모토를 죽이고 상해로 돌아간다. 이게 내 임무다."

재혁은 조그만 뭉치를 꺼냈다.

"오택아, 니가 이것 좀 맡아주라. 이번 거사에 쓰일 중요한 거다. 이거 없으면 모든 것이 수포로 돌아간다. 알았제?"

"이거 뭔데요? 만져 봐도 돼요?"

"그냥 떡이라고 알고 있으면 된다."

"떡? 그라모 이게 아편 덩어리란 말이요?"

오택은 중국인들이 아편을 떡이라는 은어로 쓴다는 걸 알아서 그렇게 말했다.

"떡이니까 잘 가지고 있다가 내가 달라고 할 때 내한테 도. 진짜 중요한 기다."

"알았습니더. 잘 갖고 있을 게예. 형이 그렇게 말하면 진짜 그래야지예."

오택과 천택은 몹시 놀랐지만 태연한 척했다.

"이 모든 일은 오로지 나 혼자 결행한다. 니들은 모르는 일이다. 무슨 말인지 알겠제?

천택이 고개를 끄덕이며 말했다.

"알았다. 우리는 니가 무슨 일로 왔는지 모른다."

오택이 가슴주머니에서 돈 봉투를 꺼내 재혁에게 건냈다.

"형, 다니면서 차도 타고 다니고 몸에 좋은 것도 좀 사묵고 온천도 좀 하고 하소."

"하하하, 거사자금이네. 고맙다. 몸 좀 추스르고 나서 서울로 간다."

오택은 집안이 넉넉하여 독립운동에 많은 자금을 대어주곤 했다. 의열단원으로 국내에서 항일투쟁에 필요한 재정적인 것을 도맡아 해결했다. 재혁은 동래 온천이나 해운대 온천을 돌아다니며 심신부터 풀겠다며 동지들과 헤어졌다.

오택이 집에 도착하자 아니나 다를까 벌써 부산경찰서 고등계 일본형사 사가이가 냄새를 맡고 찾아왔다. 사가이 형사는 오택의 근황을 이리저리 묻더니 재혁에 대해 물었다.

"오 상, 박재혁 상이 상해에서 왔다는데 지금 어디 있는지 아시무니까?"

오택은 금시초문이란 듯이 눈을 동그랗게 뜨며 말했다.

"사가이 상, 박재혁이 국내로 왔다고요? 그럼 부산에 왔는가요?"

오택이 오히려 되묻자 사가이는 버럭 화를 내며 말했다. 꼬고 앉았던 다리를 풀며 벌떡 일어났다.

"오 상, 내가 다 알고 왔는데 모른 척하기요? 그동안 오 상을 정말로 잘 대해 줬는데 이러면 앞으로 곤란하무니다."

"사가이 상, 뭔가 잘못된 정보를 갖고 온 것 같소. 지금 박재혁은 상해에서 무역업을 하며 잘 지내고 있소. 뭐, 고무나무를 수입해 온다고 하던데요. 온다면 아마도 고무나무 묘목을 싣고 부산항으로 오지 싶은데요."

오택은 사가이 정보가 잘못 됐다며 이리저리 둘러댔지만 가슴은 방망이질 해댔다. 입이 바짝 마르고 진땀이 났다.

'아니, 벌써 저놈들이 냄새를 맡았단 말인가?'

사가이는 씩씩거리며 나가려 했다.

"아이고 참, 사가이 상. 이거는 갖고 가야지요."

오택은 가슴 주머니에서 봉투를 꺼내 사가이의 앞주머니에 찔러 넣었다. 사가이는 나가면서 좀 누그러진 낯빛으로 말했다.

"오 상, 이번에 우리 대일본제국의 심기를 건드리면 도저히 봐 줄 수가 없소. 박재혁이 그냥 조용히 있다가 가는 게 좋을 거요."

오택은 걱정이 되어 가만히 있을 수가 없었다. 얼른 재혁의 집으로 달려갔다.

"어무이, 혁이 형님 어디 갔습니꺼?"

"오택이가? 어서오니라. 혁이는 오랜 객지 생활에 몸이 안 좋은지 범어사에서 약수나 먹으며 쉬다 온다고 나갔다."

오택은 재혁 어머니가 걱정할까 밝은 표정으로 집을 나왔다. 한시가 급하다는 생각이 들었다. 인편으로 편지를 써서 급히 범어사로 보냈다. 그러나 심부름을 보낸 사람은 재혁을 만나지 못하고 돌아왔다. 오택은 근심이 쌓여갔다. 재혁에게 무슨 일이 생길까 노심초사했다. 밤에는 악몽까지 꿨다. 꿈속에 재혁이가 붉은 두루마기를 입고 공중을 날아다니는데 조선 백성들은 재혁이 떨어질까 두 손을 떠받치며 걱정을 하고 있고, 일본 군경과 상인들은 재혁을 향해 총을 쏘아댔다.

"혁이 형, 떨어지면 안 돼! 이 나쁜 놈들아. 어디다 총을 쏘아 대느냐! 멈춰라."

오택이 소리를 질렀으나 재혁에게 닿지 않았다. 오택은 절규를 하며 깨어났다. 온몸은 식은땀에 젖어있었다.

뜬눈으로 밤을 새운 다음 날 비밀 장소에서 셋이 만났다. 재혁이 양복에 멋진 중절모까지 쓰고 변장을 하고 나타났다.

"시간이 없다. 벌써 검문까지 당했다. 일본경찰이 내가 들어 온 이유를 몰라 불안해하며 점점 감시망을 가깝게 좁혀 오는 것 같다. 1차 계획 총독부는 포기다. 2차 계획 거사 일을 잡았다. 모레 2시다. 오택아, 내일 아침 일찍 떡 가지러 갈 테니 집에 있어라."

"형, 알았소. 그때 보입시더."

재혁은 마지막으로 부산경찰서 부근을 다시 한 번 봐야겠다며 일어났다. 내일 정오에 영도 오포대에서 공포 소리가 나면 정공단에서 보자고 했다. 의형제 박재혁, 최천택, 오택은 큰일을 할 때마다 정공단에 가 빌며 마음을 가다듬었다.

재혁은 대청로로 갔다. 거리에는 야금야금 일본 상인들이 진을 치고 있었다. 기모노를 입은 장사치들이 역시 기모노를 입은 손님을 맞으며 물건을 팔았다. 과자 가게, 옷 가게, 신발 가게가 일본어로 된 간판을 걸고 장사를 하고 있었다. 재혁은 부산경찰서가 있는 광복동으로 가기 위해 용두산으로 올라갔다. 기모노를 입은 남자가 가족들을 거느리고 신사에서 나오고 있었다. 그들은 일본 사람들이 많이 모여 있는 신사 앞마당으로 왔다. 거기에는 한 무리의 일본인들이 천왕을 찬양하며 떠들어대고 있었다. 늘 있는 관변 집회였다.

"우리 대일본 천왕 덕분에 조선 사람들이 잘살게 되고 거리마다 신식 건물이 들어서고 있다는 것을 조선인들은 잘 알아야 하무니다."

신사는 일본 왕실의 조상신이나 국가 공로자를 모셔 놓은 사당이다. 일본은 부산 곳곳에 신사를 지어 자기들의 조상신을 숭배했다. 시간이 지나면서 일본은 통치 수단으로 우리나라 사람들에게까지 강제로 신사 참배를 하게 했다.

집회에 모인 일본인들은 말이 끝날 때마다 일장기를 흔들며 소리를 쳤다. 일본형사들은 집회를 방해하는 자가 있는지 두 눈을 부릅뜨고 특히, 한복을 입은 사람들을 더 눈여겨보고 있었다. 사람이 많이 모이는 곳에는 어디에나 먹을 것을 파는 노점상들이 있기 마련이다.

"엿 사시오. 엿! 하나 먹다가 둘이 죽어도 모르는 맛있는 엿이오. 엿!"

엿 장수는 철석철석 가위소리를 내며 손님을 불렀다.

"백엿, 깨엿, 콩엿, 땅콩엿 아무거나 먹어도 다 맛있습니다."

엿장수가 외치는 소리 옆에 기모노를 입은 왜소해 보이는 젊은이가 소리쳤다.

"여기는 센베도 있고 요깡도 있으무니다. 일본에서 먹은 맛과 똑같으무니다."

옆에서 장사하던 엿장수가 참다가 화가 났다. 엿장수 말이 끝날 때마다 뒤이어 일본과자를 사라고 했기 때문이다.

"보이소 야? 와, 내가 엿 사시오 할 때마다 바로 센베이, 요깡 사라고 하는데? 상도덕을 더럽게 배웠구만. 그라고, 여기는 엄연히 내가 엿 파는 구역인데 어데서 와가, 기생처럼 붙어서 장사할라 하노? 다른 데 가서 팔든가 말든가 하소."

기모노 입은 젊은이가 센베와 요깡을 나무판에서 이리저리 옮겨가며 말했다.

"우리는 그런 거 모르무니다. 조선 엿은 맛도 없는데 누가 사무니까. 나는 집회 끝날 때까지만 우리 일본사람들이 좋아하는 센베와 요깡 팔고, 내일은 금정산 신사에 집회가 있어 그리로 가무니다. 조센징들은 장사하면서 너무나 큰소리를 내무니다. 조센징, 당신이나 저리로 꺼져라!"

화가 난 엿장수가 가위로 엿판을 내리치다가 치켜 올리며 철컥철컥 가위 소리를 더 세게 냈다.

"뭐라꼬? 방금 니 뭐라했노? 조센징? 니 말 다했나? 어디서 굴러들어온 머리에 피도 덜 마른 쪽바리 주제에 주인 행세고!"

일본 과자장수도 지지 않고 계속 나불거렸다.

"나는 대일본제국의 아들이다. 말조심해라."

"뭐라꼬? 대일본제국 아들? 그래, 그 아들 한번 잘 났다. 남의 판에 들어 와 깽판 놓는 기 잘난 아들 짓이가? 그라고 니, 내가 만든 조선 엿 묵어 봤나? 여기는 전부 다 기모노 입은 사람들이 득실거리는데, 내가 판 엿은 누가 다 사 먹었을 꺼 같노?"

엿장수가 쉴 새 없이 몰아치자 일본과자 장수가 움찔움찔 했다. 그러더니 자기를 지켜보고 있던 일본형사에게 눈길을 주었다. 형사가 곤봉을 들고 달려왔다. 엿장수는 달려오는 형사를 보니 평소에 낯이 익은 형사여서 다행이라 생각했다. 순찰 나오면 몇 개씩 엿을 집어가던 좁쌀 형사였다.

"지금, 대일본 천황을 칭송하는 집회자리에서 왜 이렇게 소란이냐?"

"보소 형사요. 내 알지요? 내가 여기서 엿장수를 한 지가 몇 년인데, 어디서 굴러온 게 주인 행세를 한다 아이요. 내참 더러버서. 목에 거미줄 안 칠라고 이라고 있는데, 조막만 한 게 일본 말을 쓰는 거 보이 쪽바리 아니, 왜놈 아니아니, 안하무인 상도도 모리는 지체 높으신 천황님의 은총을 받는 일본 분이신 것 같은데. 형사양반이 말 쫌 해보이소."

엿장수가 비꼬아 가며 따발총 쏘듯 내뱉으니 일본형사는 우리말의 뜻을 잘 못 알아들었다. 일본형사가 곤봉을 보이며 엄포를 놓았다.

"조용히 해라. 여기서 앞으로 장사 계속하고 싶으면."

그러면서 일본 과자장수를 내려다보며 말했다.

"너는, 대청로 과자점에서 나온 점원 아니냐?"

"하이! 그렇으무니다. 주인이 집회 때마다 가서 팔아오라고 해서 왔으무니다."

"알았다. 여기는 조선인만 노점하라고 한 지역이 아니니 편안하게 팔아라. 돌아 갈 때 반드시 나한테 들르는 것 잊지 말고."

"하이, 하이, 꼭 들르겠으무니다. 사장님도 그렇게 하라고 했으무니다."

일본 과자장수는 몸을 배배꼬더니 손바닥을 비비며 형사에게 아양을 떨었다. 형사는 엿장수를 아래위로 훑어보고는 횡하니 가버렸다. 엿장수는 억울했지만 장사터전까지 잃을까봐 자기 가슴만 툭툭 치면서 참아냈다. 분명히 과자점 사장과 은밀한 거래가 있는 듯 보였다.

재혁이 멀리서 이를 지켜보고 있었다. 재혁은 엿장수가 엿 하나도 제대로 못 팔게 하는 일본형사의 행태가 유치하기 짝이 없었다. 부산의 좋은 곳은 모두 일본식으로 바뀌어 가는 것도 가슴 아팠다.

용두산에서 부산항을 바라보았다. 구름이 흘러가다 봉래산 꼭대기에 잠시 머물렀다. 언뜻 봉래산이 배처럼 움직이는 것 같았다. 배 한두 척이 바다에 떠있고 부산항 육지 근처에는 집들이 다닥다닥 이마를 맞대고 있었다. 부산을 한눈에 볼 수 있는 곳에서 재혁은 한참을 있다가 부산경찰서 쪽으로 발길을 옮겼다. 계단을 내려오면 왼쪽 큰 건물이 부산부청이다. 오른쪽은 일본인 거류민 사무소가 있고 계단을 다 내려오면 부산부청 아래에 부산경찰서가 있다. 이 세 건물 모두 최신식 건물이다.

부산경찰서는 서구식으로 지어진 2층 목조 건물이다. 외벽은 널판자를 다닥다닥 붙여 포개어 마치 물고기 비늘처럼 비늘판 붙이기를 했다. 위아래가 긴 서구식 창문이 2층 정면에 다섯 개가 나 있었다. 지붕은 일본식 팔작지붕으로 기와를 얹었다. 주로 큰 절에서 보는 지붕 모양과 비슷했다. 이 커다란 건물 안에서 일본은 우리나라에 온 일본인들을 적극 보호하고, 가장 악랄하게 애국지사들을 탄압했다. 애국지사뿐만 아니라 통치에 불응하는 우리나라 사람들을 잡아다가 잔혹한 고문을 해댔다.

재혁은 아주 세심하게 하나하나 살폈다. 거류민 사무소에서 나온 일본인이 기모노 차림으로 계단을 오르고 있었다. 경찰서 한쪽 구석과 거류민 사무소 한쪽에 인력거가 대기하고 사람을 기다리고 있었다. 그런데 거류민 사무소 앞 축대 앞에는 갓을 쓴 노인들 여러 명이 경찰서를 바라보며 땅바닥에 앉아 있었다. 경찰서 정문 앞에도 아기를 업은 여인과 젊은 사람들이 경찰서 안을 기웃거렸다. 아기 업은 여인은 연신 눈물을 닦아내고 있고, 젊은이의 얼굴에는 근심걱정이 어려 있었다. 경찰서 앞에서 서성이는 우리나라 사람들과 노인들은 억울하게 잡혀간 가족을 면회 온 것 같았다. 재혁은 생각했다.

'아! 지금 저 안에 진영, 밀양 거사에 실패한 우리 동지들과 많은 사람들이 고문을 받고 있겠군. 조금만 기다리시오.'

다시 정신을 가다듬고 유심히 살폈다. 경찰서 정문 안 왼쪽 작은 건물 앞에 일본경찰이 칼을 차고 서 있었다. 들어가는 사람을 일일이 살피고 몸수색을 했다. 그러면서 어딘가로 전화를 해 확인을 하곤 했다. 오후가 되자 용두산으로 오르내리는 사람들과 부산부청과 경찰서로 드나드는 사람들이 점점 많아졌다. 몸수색을 철저히 하던 경찰도 오후에는 좀 느슨해졌다. 재혁은 고개를 끄덕이며 계획을 세워나갔다.

박재혁 의사가 폭탄을 투척했던 부산 경찰서(오른쪽 건물)
가운데 건물은 부산 부청

용두산신사
일본이 개항 이후 부산에 거주하던 일본인들을 위해 만든 신사

그 시대의 엿장수

12

대한독립투사의 이름으로

어제부터 가랑비가 그치지 않고 내렸다. 재혁은 자동차를 대절했다. 내일 일생일대의 역사적 순간을 위해 필요한 폭탄을 빠른 시간에 옮겨야 하고, 더욱이 아침 일찍부터 재혁의 행선지가 일본경찰의 눈에 띄었다간 일을 그르칠 수도 있기 때문이었다. 자동차가 오택 집 앞에 멈췄다. 오택에게 맡겨둔 폭탄을 급히 받아들고 서서 인사를 나눈 뒤 기다리고 있는 자동차에 올라탔다. 집으로 돌아와 폭탄을 깊이 숨겨둔 뒤 셋이 만나기로 한 정공단으로 갔다. 셋은 거사를 위해 참배를 마치고 서둘러 정공단을 벗어나며 말했다.

"형, 나는 내일 그 시간에 그 근처 어디에서 형을 응원하고 있을 겁니다. 부디 잘 가이소. 상해에서 좋은 소식이 날아오길 빌고 또 빌겠습니다."

일본경찰 요주의 인물 셋이 뭉쳤으니 감시의 눈길을 받기 전에 어서 피해야 했다. 오택이 가고 나자 천택은 걱정이 되는지 재혁에게 말했다.

"혁아, 다시 한 번 내랑 주변을 살펴보러 가자."

"어제 놈들의 행동을 일거수일투족 자세히 살펴봤다."

"그래도 가보자. 내가 마음이 안 놓인다. 내 눈으로도 다시 확인해야겠다."

재혁은 하는 수 없이 집으로 가 점심을 먹고 함께 가보기로 했다. 점심을 먹고 나가려고 하니 어머니가 마침 재혁이에게 새로 만든 한복을 건넸다.

"혁아, 이 옷은 네가 돌아오면 입히려고 시간 날 때 만들어 놓은 옷이다. 외출 할 때 이 옷을 입고 가거라."

어머니가 항상 나다닐 때는 의복을 단정히 하라고 했던 어렸을 때의 말씀이 떠올랐다. 천택이 자기 옷섶을 만지며 말했다.

"어무이요, 이거 저번에 어무이가 지한테 입으라고 만들어 주신 옷 아입니꺼."

재혁 어머니가 천택에게 다가와 옷고름을 다시 매주며 말했다.

"그걸 와 모르겠노. 내가 만든 옷은 내가 다 알아본다. 그라고 니도 내 아들 아이가?"

그 사이에 재혁은 옷을 갈아입고 나왔다. 머리는 오른쪽 이마 위에 가르마를 타서 양옆으로 빗어 넘기고 머

릿기름을 발랐다. 머리에서 윤기가 흘렀다. 둘이 같이
서니 훤칠하고 서글서글한 눈매가 정말 형제 같았다.
재혁이 눈에 띨까 중절모에 까만 테의 안경을 꼈다. 지
팡이까지 짚으니 누가 봐도 점잖은 늙은이로 보였다.
어머니의 배웅을 받으며 둘은 집을 나왔다. 어머니는
변장을 한 아들에게 여린 웃음을 띠며 말했다.
　"우리 혁이가 정말로 아버지를 많이 닮았구나."

　재혁은 이번에는 부산경찰서 앞에서 용두산으로 올라
가며 살폈다. 여전히 경찰서 앞에는 우리나라 사람들이
많았다. 인력거가 분주히 사람들을 실어 나르고 있었
다. 용두산을 배회하다 광복동 거리로 내려왔다.
　"천택아, 우리 사진 한 판 찍자. 우리 단원들은 사진
찍는 것 좋아 하더라. 우찌 보면 좋아하기보다는 자신
의 마지막 모습을 남기고 싶어서이기도 하다. 오택이
있었으면 좋았을 낀데 우리 둘이라도 찍자."
　"무슨 말을 그렇게 하노. 성공하고 다시 봐야지. 그런
소리 마라. 그라모 안 찍을 끼다."
　의열단원들은 기회가 있으면 사진을 찍었다. 늘 오늘
이 마지막이다란 각오로 생활하기 때문에 자신의 모습

을 남기고 싶어 했다. 그 마지막 사진은 끝내 영정사진으로 쓰인다.

"천택아, 내가 니 마음을 무겁게 했나? 괜찮다. 나는 지금 마음이 정말 잔잔한 파도 같다. 누가 뭐라고 해도 흔들리지 않는다. 내일 성공 할 걸 생각하면 오히려 기대가 된다."

천택은 아무 말 없이 듣고만 있었다. 그러다 입을 열었다.

"니가 거사를 성공하고 떠나면 놈들이 내랑 오택이랑 친한 친구들을 잡아다 족칠게 분명하다. 오택이는 물론이고 이 사실을 아는 친구들 입이 자물쇠인거 알제? 잡혀 가더라도 모른다고 끝까지 잡아 땔 터이니, 니는 그 사이에 꼭 상해에 가있어야 한데이."

"알았다. 걱정마라."

둘은 사진관을 찾아들어갔다. 재혁은 한치의 흐트러짐 없이 의열단원답게 옷매무새를 살폈다. 어머니가 지어주신 새 옷도 한몫을 하는 것 같았다. 모자를 벗고 머리도 다시 정리한 뒤 둘은 커다란 사진기 앞에 앉았다. 천택이 긴장한 눈치였다. 사진사가 밝은 소리로 외쳤다.

"얼굴 환하게 펴시고요. 예, 좋습니다."

펑! 소리와 함께 불빛이 캄캄한 사진기 앞에 앉아있는 두 청년을 비췄다.

집으로 돌아온 재혁은 어머니와 여동생과 함께 저녁을 먹었다. 열두 살이 된 명진이는 오빠가 오랜만에 와서 그런지 계속 생글생글 웃었다. 재혁이 어렵게 말문을 열었다.

"어머니, 저는 내일 중요한 일을 하고 바로 떠나야 합니다. 일이 끝나면 어머니를 뵙지 못하고 급히 상해로 가더라도 용서하십시오."

"그 먼 곳에서 왔는데 그냥 왔겠느냐. 내 다 안다. 큰일 하고 가야제. 우리는 걱정 말아라. 차질 없이 니 일이나 신경 쓰거라. 일본 놈을 상대하는 나랏일이 그리 녹록한 기 아인데, 부디 몸조심 하고. 나는 니가 어디가 있든 간에 살아 있기만 하면 된다."

"예, 어머니. 제가 없더라도 부디 몸 건강하십시오."

어머니와 재혁은 더 이상 아무 말이 없었다. 그러나 모자는 서로의 간절한 마음이 이심전심으로 전해지는 것을 느꼈다. 옆에 있는 어린 동생 손을 잡으며 말했다.

"명진아, 오빠 돌아 올 때까지 어머니 말씀 잘 듣고 공부 열심히 하고 있어라."

명진이는 오빠 말에 울음을 안으로 삼키며 고개만 끄덕였다.

"오빠가 돌아 올 때쯤이면 세상이 좋아져 있을 끼다. 우리 진이는 마음 단단히 먹고 엄마랑 잘 지내고 있으면 된다. 알았제?"

명진이는 눈물을 닦으며 말했다.

"오빠야, 꼭 약속 지켜야 한데이."

"그럼, 그럼. 누구 부탁인데. 오빠야는 꼭 좋은 소식 갖고 돌아 올 끼다."

어머니는 밥을 먹다 말고 오누이의 말을 들으며 뒤돌아 앉아 바느질감을 정리하는 척했다.

재혁은 어제와 오늘 답사한 곳을 머릿속으로 찬찬히 정리를 했다. 의열단 훈련에서 배운 것들을 생각하며 심신을 편안하게 유지했다. 내일 가져갈 중국 고서를 정리하고 고서 장수로 변장할 옷도 다시 확인했다. 경찰서 입구에서 검문 통과 시 해야 할 중국말을 유창하게 되뇌었다. 책을 읽으면서도 부산경찰서의 건물이 자꾸 떠올랐다. 마음 수련을 한 뒤 일찌감치 잠을 청했다.

그러나 정신이 점점 더 맑아져왔다. 이러다간 내일의 거사를 자꾸 떠올리게 될 것 같았다. 잠이 올 것 같지 않아 마당으로 나왔다. 음력 8월 초이틀 밤은 칠흑 같았지만 하늘에는 수많은 별들이 총총히 박혀 있었다. 텃밭 어디선가 귀뚜라미가 울어댔다. 재혁은 혼자 중얼거렸다.

"한가위 보름달이 떠오르려면 열흘 남짓 남았구나."

별빛은 어둠을 뚫고 재혁이 서있는 마당으로 쏟아지고, 귀뚜라미는 여전히 혼자서 계속 울어댔다. 바람이 재혁의 머리카락과 옷고름을 흔들었다. 자꾸 내일 해야 할 일이 떠올랐다.

"이러면 안 되는데. 불안이 몰려오면 낭패다."

재혁은 고개를 흔들어 생각을 털어냈다. 몸과 마음을 가다듬고 방으로 들어왔다. 등잔불 하나가 재혁의 방안을 가득 밝히고 있었다. 너무나 환했다. 재혁은 등불 앞에 앉아 눈을 감고 마음을 모았다. 자신에게 비장한 각오로 물었다.

"내게 정말 죽음을 두려워하지 않는 충성심이 있는가? 단장의 엄격한 명령만으로 내가 이러는 건가?"

재혁은 생각했다.

"그것은 결코 아니다. 이 일은 다른 사람에 의해 좌지우지되는 그런 성질의 것이 아니다. 오로지 내 의지이다."

또다시 물었다.

"그렇다면 나에게 내 의지를 지탱하고 죽음의 두려움도 모두 덮어버릴 수 있는 그 무엇이 있는가?"

순간 가슴 속에서 뜨거운 기운이 올라왔다.

"그렇다. 내겐 애국심보다, 강철 같은 의지보다 더 큰! 부드러운 감성이 타오르고 있다. 그것은 죽음도 그 어떤 두려움도 모두 덮어버릴 수 있는 가슴 뭉클한 뜨거운 인간애인 것이다. 그래, 그럼 되었다."

재혁은 마음이 한결 가벼워졌다. 곧 잠이 들었다.

9월 14일 오전, 재혁은 모든 것을 완벽하게 갖추었다. 방에는 재혁이 전혀 아닌 중국 고서상이 서 있었다. 그는 방을 나오기 직전, 서적이 든 꾸러미 아래쪽에 그동안 숨겨둔 폭탄을 넣고 책으로 덮었다.

정오가 지나자 천택이 왔다. 오택은 부산경찰서 근처로 가면 들킬까 염려되어 미리감치 부산진 예배당에서 있을 시민대회에 참석하러 갔다.

완벽하게 중국 고서상으로 변장을 한 재혁은 먼 거리

에서 동행하는 천택과 함께 영가대로 전차를 타러갔다. 재혁과 천택은 같이 가면 일본형사들의 눈에 띌까 조심조심 거리를 두고 모르는 남처럼 걸어갔다.

둘은 부산역에서 내렸다. 서로 눈인사를 한 뒤 재혁은 고서를 지고 부산경찰서로 걸어갔다.

오후 2시쯤, 예상대로 경찰서 부근은 사람들이 많아 어수선했다. 재혁은 망설일 틈도 없이 곧장 경찰서 정문으로 뚜벅뚜벅 걸어갔다. 출입을 검문하는 형사에게 갔다. 굽신거리며 중국말로 인사를 했다.

"아, 안녕하십니까? 귀한 책이 있어서 서장님께 보여드리려고 왔습니다."

중국말을 잘 못알아듣는 형사에게 일부러 어눌한 일본 말로 말했다.

"하이, 하시모토 서장님께 귀한 중국 서적을 가지고 왔으무니다."

"그래? 어디보자 우리 서장님이 중국서적을 매우 좋아 하시지."

형사는 재혁이 메고 있는 서적 꾸러미를 열었다.

"한두 권이 아니구만."

"하이, 정말 귀한 중국고서 이무니다."

사람들이 자꾸 정문으로 몰려들자 형사가 짜증을 냈다.

"어이 거기 좀 기다려라. 앞에 검문 하는 거 안 보이나?"

형사는 어디론가 전화를 했다.

"중국 고서상인이 서장님이 좋아하는 중국서적을 가지고 왔는데 들여보낼까요?"

"수화기 너머로 잠시 기다리라는 소리가 들렸다."

이윽고 들여보내라는 소리가 났다.

"1층 서장실로 바로 가시오. 딴 곳으로 가면 아니 되무니다."

"쎼쎼, 알겠습니다."

재혁은 뛰는 가슴을 심호흡으로 진정시켰다. 경찰서 안에서 서성이는 사람들이 모두 흐릿하게 보였다. 정신을 차리고 곧바로 서장실로 걸어갔다. 생각보다 조용했다. 드디어 서장실 입구에 섰다. 재혁은 속으로 중얼거렸다.

'악랄하기 짝이 없는 경상남북도 경무부 관내 수석서장 하시모토! 조금만 기다려라. 내가 왔다.'

드디어 하시모토가 얼굴을 드러냈다. 하시모토 서장은 서류를 보며 한가롭게 오후를 즐기고 있었다. 하시모토는 어깨에 힘을 주며 거만하게 말했다.

"어서 들어오시오."

재혁은 꾸러미의 어깨끈을 잡고 서장실로 들어섰다. 서장은 자기가 앉은 맞은편에 앉으라고 했다.

"쎄쎄, 하이, 하이."

재혁은 이 절호의 기회에 추호도 의심 받지 않으려고 장사치가 상대방의 마음을 사려고 간 쓸개 다 빼놓는 것처럼 호들갑스럽게 대답했다.

"어디, 책을 한번 꺼내 보시오."

재혁이 지고 간 꾸러미에서 책을 하나하나 꺼내 탁자 위에 쌓았다. 서장은 책을 꼼꼼하게 살폈다. 정말 중국 서적에 푹 빠진 것 같았다. 재혁의 손이 서서히 꾸러미 바닥에 다다랐다. 둥그런 뭉치가 만져졌다. 재혁은 침착하게 그것을 꺼냈다. 서장은 책에 빠져 재혁이 무엇을 들고 있는지도 몰랐다. 재혁은 그럴수록 침착해야 했다. 폭탄을 쥐고 일어섰다. 지름 6센티에 높이가 12센티 정도 되는 원통형 주철폭탄이었다. 책에 빠져 있는 서장을 불렀다.

"여길 봐라! 하시모토. 나는 당신을 죽이러 상해에서 온 의열단이다. 당신이 죽어야 하는 이유는 이 나라의 독립투사들을 괴롭히고 우리의 피를 빨아먹은 죄다."

재혁이 안전핀을 뽑았다. 바로 앞에 있는 서장을 향해 탁자위로 폭탄을 던졌다. 갑자기 천지를 뒤흔드는 소리가 났다. 서장실 창문이 깨지고 화약연기가 자욱했다. 고막이 터질 듯한 굉음과 경찰서의 깨진 창으로 화약 냄새와 연기가 새어나왔다. 거리를 지나가던 사람들은 혼비백산하여 숨었다. 경찰서 건물 전체가 흔들리는 듯했고 폭탄의 위력은 1층 천장을 관통했다. 1, 2층 할 것 없이 유리창이 거의 다 깨졌다. 벽에 붙은 널판자도 떨어져 나갔다. 악을 쓰는 서장의 외마디 소리가 들리더니 잠잠해졌다. 순간 서장실 안은 아수라장이 되었다.

재혁은 정신이 아득했다. 그런 가운데에서도 하시모토를 보았다. 하시모토서장은 가슴과 배, 다리에 선혈이 낭자한 채 쓰러져 있었다. 피가 얼굴에 튀어 눈뜨고는 볼 수 없을 지경이었다. 그러나 재혁의 오른쪽 다리에도 폭탄파편이 꽂힌 것이다. 하시모토와의 거리가 너무 가까워서였다.

"성공이다! 어서 달아나야 하는데. 다리가 으아악."

연기와 화약 냄새가 자욱한 입구 쪽으로 몸을 틀어 몇 발짝 내디뎠다. 재혁의 오른쪽 다리에서 피가 흘러내렸다. 더 이상 걸을 수가 없었다. 곧 형사들이 들이닥쳤다.

"도망가긴 틀렸구나. 그래도 괜찮다. 하시모토를 처단했으니 이제 됐다."

형사들이 재혁을 에워싸고 포박을 했다.

"이놈이 자결을 할지 모르니 입에 재갈을 물려야 되무니다."

한편 형사들은 먼저 하시모토를 들것에 싣고 급하게 나갔다.

모든 업무가 중단이 되고 경찰서 내 직원들이 구경을 하려고 우왕좌왕 했다. 재혁은 일본형사들에 싸여 아미동 부립병원으로 실려 갔다. 응급으로 들어간 재혁을 두고 형사들은 의사들에게 엄포를 놓았다.

"이 놈은 중대 죄인이다. 배후를 캐내야 하니 절대로 죽으면 안 된다."

그 사이 재혁보다 앞서 병원에 실려 갔던 하시모토는 한 쪽 다리가 잘려나가긴 했지만 생명에는 지장이 없어 보였다. 일본경찰은 재혁이 폭탄을 던지던 시각에 부근에 있던 많은 사람들을 무자비하게 잡아갔다. 오택은 부산진 예배당에 있다가 일본형사들이 들이닥쳐 포박을 한 뒤 잡아갔다. 오택은 끌려가면서도 재혁이 걱정이 되었다.

"혁이 형님이 성공하신건가? 무사히 빠져 나갔을까?"

천택은 경찰서 근처를 배회하다가 폭탄 소리를 들었다. 재혁이 나오는 것이 늦어지자 초조한 마음으로 집으로 돌아왔다가 얼마 지나지 않아 형사들에게 잡혔다. 재혁 주변에서 독립운동을 하던 김영주와 여러 동지들도 잡혀갔다. 폭탄이 터진 시각에 경찰서 부근을 지나가다 잡혀 온 사람들을 일일이 취조를 하던 형사들은 재혁의 동지들만 공범으로 남겨두고 모두 석방을 시켰다. 동지들에게 모진 고문이 시작되었다. 이들은 절대로 공범이 아니라고 잡아뗐다.

박재혁 의사가 폭탄 파편에 맞아 쓰러진 후
실려갔던 부립병원 (현 부산대학병원)

13

내 이제, 뜻을 다 이루었으니

재혁은 병원에 누워 철저한 감시를 받았다. 수술로 파
편조각을 빼냈다. 생각보다 상처가 깊었다. 응급 수술
을 받은 재혁은 경찰서로 끌려가 취조를 받았다. 취조
실 입구로 들어서자 곳곳에서 고문을 당하는 소리가 들
려왔다. 고문으로 악을 쓰는 소리가 천택이 같기도 하
고 오택 같기도 하고 영주 같기도 했다. 또 누가 잡혀왔
는지 걱정이 되었다. 재혁은 아픈 몸에 견딜 수 없는 고
문을 당했다. 혀를 깨물어가며 입을 꾹 다문 채 아무 말
도 하지 않았다. 정신이 아득했다. 정신이 좀 들만 하자
또 일본형사들의 고문이 시작되었다. 재혁은 단호하게
말했다.

　"나는 누구의 사주도 받지 않았고, 누구와 공모하지도
않았으며 거사는 오로지 내 스스로 판단하여 행한 것이
오."

　재혁은 혼자한 범행이라고 주장했지만 그들은 믿지
않았다. 그들은 의열단 단장 김원봉을 이 일을 하도록

꾸민 교사자로 삼았다. 공범자로는 최천택, 오택, 김영주, 백용수, 김작치, 강필문 등을 잡아갔다. 이들에게 모진 고문을 했지만 공범 사실이 없다고 주장하자 한 달여 만에 모두 구치소에서 나왔다. 잡혀간 동지들은 어떤 회유와 협박에도 넘어가지 않고 견디어냈다.

1920년 10월 28일 매일신보에 재혁의 공판 날이 실렸다. 재판은 온 나라의 관심거리였다. 11월 2일 오전, 부산지방법원 형사법정에서 첫 재판이 열렸다. 아침 일찍부터 방청객이 입장하기 시작하더니 9시쯤에는 발 디딜 틈조차 없었다. 수백 명의 군중들은 법정 밖에서 재판을 지켜보기까지 했다. 나무를 타고 올라가 창문 안을 기웃거리는 사람도 있고, 전봇대에 올라가 법정 안을 들여다보는 사람도 있었다. 방청석 맨 앞줄에서 연신 눈물을 흘리는 재혁 어머니와 곁에는 어린 여동생이 앉아 있었다. 방청객들은 그 모습을 보며 가슴 아파했다. 조금 있으니 기마 헌병이 경계를 하면서 재혁이 탄 마차를 끌고 법원으로 들어왔다. 재혁의 형색은 말이 아니었다. 완쾌되지 않은 몸에다 고문까지 당한 처지라 몸은 파리하고 얼굴은 창백하여 몸을 가눌 수조차 없었다. 간수 어깨에 겨우 기대어 법정으로 들어왔다. 제대로 앉을 수가 없자 간수들이 의자에 앉혔다. 방청석 여기저기서 신음소리가 들렸다.

"어찌 저 지경인 사람을 법정으로 불러내노! 인간들도 아니다."

"다친 몸에 모진 고문까지 받았으니 오죽할까!…… 잔인한 놈들."

어머니는 차마 아들의 모습을 바라볼 수가 없었다. 수건으로 입을 막고 어깨를 들썩였다. 명진이는 어머니 손을 잡고 소리 없이 눈물만 흘리고 있었다.

노다 검사는 아오야마 재판장 앞에서 방청객을 향해 일본의 총독정치에 대해 우리나라 사람들이 오해를 하고 있다며 일장연설을 늘어놓았다. 노다는 재혁에게 사형을 구형했다.

"피고 박재혁은 부산경찰서장 하시모토를 죽이기 위해 이미 죽기를 결단하고 범행을 단행한 것이요. 조직적이고 계획적이었으며 법률상으로만 보더라도 추호도 용서할 수 없는 범죄 행위이기에 사형을 구형하무니다."

재판장은 재혁을 향해 물었다.

"피고 박재혁은 노다 검사의 말에 잘못된 것이 있으무

니까?"

재혁은 고통을 참으며 고개만 끄덕거릴 뿐이었다. 온 힘을 다해 재판장에게 말했다.

"가족을 보게 해주시오."

아오야마 재판장은 고개를 가로저었다.

"규정된 수속을 밟은 뒤에 면회를 허락하겠으무니다."

그때, 방청석 앞줄에서 눈물만 흘리고 있던 어머니가 대성통곡을 하면서 재혁 앞으로 달려갔다.

"아이고, 혁아, 혁아, 어디 보자. 얼마나 힘들꼬. 손 한 번 잡아보자. 아이고! 아이고! 하늘도 무심하시지. 어찌 사람을 이 지경으로 만들어 놨을꼬."

앞에 서 있던 우리나라 간수가 가로막고 어머니를 잡아 뒤로 밀어냈다. 어머니와 명진이 바닥에 주저앉아 목놓아 우는 모습에 방청객들로 따라 울지 않을 수가 없었다. 검사의 선고공판이 끝나자 재혁은 다시 기마 헌병들에 의해 수감소로 갔다.

나흘 뒤인 6일에 1심 선고공판이 열렸다. 구형 때보다 더 많은 우리나라 사람들이 법원으로 몰려들었다. 사람들은 문짝에도 기대고 나무 위에서 귀를 기울이는 사람도 있었다. 방청석 정면에는 눈이 퉁퉁 부은 어머

니와 명진이 앉아있었다. 재혁이 수인마차를 타고 들어
왔다. 며칠 전보다 더 눈으로는 볼 수 없는 쇠잔한 모습
이었다. 이번에는 세 명의 간수들이 재혁을 부축해 자
리에 앉게 했다. 곧이어 아오야마 재판장은 판결문을
읽어 내려갔다.

"주문. 피고 박재혁을 무기징역에 처함."

이어서 재판장은 이유를 읽었다.

"피고의 범죄는 건조물 침입죄 및 폭발물 사용죄, 살
인미수죄, 건조물 파괴죄의 합죄로 털끝만큼도 용서할
수 없으나 피고의 범행 동기가 타동적이고 자동적이 아
님을 인정한 점과…."

재판장은 한참 동안 무기징역에 처한 이유를 읽어 내
려갔다.

범죄 결과로 사망자가 없고, 다른 사람이 시켜서 행동
했다고 보고 무기징역을 선고했다. 여기에 불만을 품은
노다 검사는 재판장의 무기징역 선고를 받아들이지 않
았다. 곧이어 노다는 대구 고등법원에 항소했다. 1921
년 2월 14일 대구고등법원은 노다 검사의 주장을 받아
들였다. 1심판결을 취소하고 재혁에게 사형을 선고했
다. 일본경찰은 2심 재판 결과를 요약해 재혁의 사건을

〈부산경찰서폭파사건〉으로 이름을 붙였다. 재혁은 일본인 기모토 변호사를 통하여 경성대법원에 상고하였으나 3월 31일 사형이 확정 되었다. 재혁이 기모토 변호사를 선임하여 상고까지 한 것은 개인의 일신을 위한 것이 아니라 살아남아서 다시 한 번 조국을 위해 일을 도모하기 위해서였다.

적의 수뇌부에 직접 폭탄을 들고 들어가 던진 일은 재혁이 최초로 한 일이었다. 일본은 재혁의 부산경찰서 폭탄 투척 이후 우리 독립투사들을 두려움 그 이상의 대상으로 보았다.

재혁은 대구 형무소에 수감되었다. 모진 고문과 폭탄 투척 당시 중상의 상처로 몸이 좋지 않았다. 제대로 치료도 받지 못한 재혁은 그 와중에 폐병까지 얻게 되었다. 온몸이 병들고 시들어 갔지만 그의 두 눈은 빛났다.

"내가 너희들의 손에 죽을 줄 아느냐. 그것은 나와 조국을 욕되게 하는 것이다. 절대로 그렇게 하지는 않을 것이다."

재혁은 점점 야위어갔다. 물도 마시지 않고 음식도 마다했다. 상처는 아물었지만 면회실로 오는 모습은 병자

그대로였다. 제대로 걷지를 못했다. 기침도 많이 하고 얼굴이 백지장처럼 하얬다. 몸은 반쪽이 되었다. 면회를 자주 간 천택은 가슴이 찢어졌다.

"혁아, 몸이 너무 안 좋아 보인다."

"안 좋아 보이나? 괜찮다. 마음은 편안하다."

그러면서 태연자약하게 말을 이어갔다.

"내 이제 뜻을 다 이루었으니, 지금 죽어도 아무런 한이 없다."

천택은 사지에서 재혁이 이런 마음을 먹고 있는 것에 대하여 비통한 마음을 억누를 길이 없었다.

"오택은 어찌 지내노?"

"오택은 만주일보 경남지사로 있는데 국내 금지 된 기사를 배포하다 2년 형을 받고 지금 부산형무소에 수감 중에 있다. 혁아, 며칠 있다가 다시 올 테니 그 때는 좀 나아진 얼굴을 보여주게나."

재혁은 천택을 보며 빈 웃음을 보였다. 천택을 보내고 나서 방으로 향했다. 복도 창에 자신의 모습이 비쳤다. 절룩거리는 다리와 폐병으로 인한 기침과 먹지 못해 영양실조가 된 자신이 유리창에 비치어 서 있었다. 그 너머에는 오월의 봄 하늘이 무척 맑고 깨끗했다. 재혁은 부축하며 따라오는 간수에게 말했다.

"저기 창밖의 하늘을 잠시만 보게 해 주겠소."

간수는 아무 말 없이 창가로 데려갔다. 형무소 마당에 있는 나무에는 새로 돋아난 연둣빛 잎들이 반짝반짝 빛났다. 새들이 날아와 나무에 깃들었다. 새소리가 경쾌하게 들렸다. 재혁은 한참을 그렇게 보다가 혼자 중얼거렸다.

"우리나라도 저 나무처럼 파릇파릇 생기 돋는 봄날이 오겠지요? 저 새소리처럼 이야기하는 날이 오겠지요?"

나무를 바라보는 재혁의 슬픈 눈이 빛났다. 엷은 웃음을 띠며 방으로 걸음을 옮겼다. 온몸이 쑤시고 떨렸다. 벽에 기대어 숨을 가다듬었다. 어머니가 보고 싶었다.

"아, 사랑하는 어머니!"

어머니가 재혁에게 말하는 소리가 들렸다.

"내 아들 혁아, 나라를 위해 큰일을 한 건 정말 장한 일이고말고. 그러나 어미의 마음은 미어지는구나. 내 아들이 장하면서도 너무 밉구나!"

"어머니! 이 세상에 태어나 오로지 한 여인만을, 어머니만을 사랑했습니다. 그러나 저는 사랑하는 어머니에게 피눈물을 흘리게 한 불효자가 되고 말았습니다. 어머니! 풍전등화 같은 나라를 그냥 두고 볼 수는 없었습니다. 어머니! 용서하십시오. 나라를 위해 목숨 바쳐 나서는 일에 대해선 지금도 후회가 없습니다. 제 힘이 여기까지밖에 안 되어 안타까울 뿐입니다. 다시 태어난다 해도 저는 우리의 철천지원수! 일본제국주의에 맞서 싸울 것입니다. 어머니, 이 못난 아들을 용서하십시오."

재혁은 목으로 올라오는 묵직하고 뜨거운 덩어리를 애써 삼켰다. 지난날을 하나하나 떠올려 보았다. 귀한 아들 태어났다고 금지옥엽 키워주신 부모님. 아버지 손을 잡고 거닐던 아름다운 자성대. 옛이야기를 들려주던 어머니. 호랑이와 같이 다녔다는 의병들의 활약을 들려주던 아버지. 차츰 세상에 눈을 뜨면서 알게 된 일본제국의 부당함에 대한 분노. 국채보상운동에 아버지와 참가 했던 일. 증산에서 최천택, 오택과 함께 피보다 진한 의형제를 맺은 일. 학생동지들과 함께 했던 동국역사사건과 구세단 활동. 고무나무를 들여와 나라를 부자로 만들어 보겠다던 꿈. 기름 한방울 안 나는 나라에 기름 없이 가는 자동차 바퀴를 발명하겠다던 그럴듯했던 소년시절의 꿈. 상해와 싱가포르를 오가며 독립을 위하여 더 큰 꿈을 꾼 나날들. 드디어 의열단원 박재혁이 되기까지…….

　이런저런 생각을 하던 재혁 얼굴이 환해졌다.

　"생각해 보니 지금까지 내가 하고 싶은 일만 하고 살았구나!"

　그러나 어머니에 대한 불효를 생각하면 자꾸만 목이 메어 침조차 넘어가지 않았다.

　며칠 뒤 천택이 또 면회를 왔다. 손에는 달걀 꾸러미가 들려 있었다.

　"혁아, 몸은 좀 어떻노? 이 것 좀 묵어 봐라. 달걀 삶아 왔다."

　"천택아, 이거 도로 가져가라. 안 먹는다."

　"와, 좀 묵어 봐라. 갖고 온 사람 성의를 봐서라도. 이거라도 묵으면 좀 안 낫겠나 싶어서 갖고 왔다 아이가."

　"어머니는 어떻게 지내시는지….."

　"안 그래도 어머니 모시고 올까 생각했는데 이번 선고의 충격 때문에 몸이 좀 아프셔가지고 다음에 올 때는 모시고 올게. 어서 좀 묵어봐라."

　천택이 달걀을 까 권해도 재혁은 입에 대지 않았다.

　"다음에 올 때는 어머니 모시고 미역국을 끓여 옴세. 17일이 자네 생일 아이가? 그거는 먹어 주겠지?"

"천택아, 내가 지금 며칠 째 단식중이다. 나는 절대 왜놈의 손에 죽지 않을 거다. 그게 더 치욕스럽다. 나는 내 할 일을 다 해서 후회는 없다. 어머니와 어린 명진이를 잘 부탁한다."

"뭔 소리고? 우린 형제아이가. 걱정마라. 어머니가 쾌차하시면 모시고 올 테니 그때까지만 참아라. 혁아, 살아 있으란 말이다."

천택은 뼈만 앙상하게 남은 재혁의 손을 잡고 꺼이꺼이 울었다.

1920년, 박재혁 의사의 〈부산경찰서폭탄의거〉는 국내 최초의 무력투쟁의거였다. 이것을 시작으로 의열단에서는 제2차 국내에 있는 적의 기관을 총공격하는 일을 추진하고, 일본 왕궁 폭탄 투하 등, 침략자들의 수뇌부를 암살하는 의거를 단행하였다. 박재혁 의사의 부산경찰서 폭파를 시작으로 그 해 11월에는 의열단원 최수봉이 밀양경찰서에 폭탄을 던졌다. 1921년 9월, 의열단원 김익상이 조선총독부에 들어가 폭탄을 던지고 상해로 무사히 돌아갔다. 1922년 3월, 김익상과 오성륜에 의해 일본 군부의 거물로 침략정책에 앞잡이 역할을 하던 육군대장 다나카 기이치를 처단하기 위한 거사가 결행되기도 하였다.

  재혁의 집에 전보 한 통이 날아왔다. 재혁 어머니는 몸이 좀 나아 아들 면회를 갈 수 있겠구나 하고 생각하고 있을 때였다. 어머니는 손이 떨려 차마 내용을 읽지 못했다. 불길함이 엄습해 왔다. 어머니는 천택을 오라고 했다.

  "천택아, 혁이한테서 전보가 왔다. 니가 읽어 보거라."

  천택이 떨리는 손으로 급히 전보를 펼쳤다.

  -박재혁 1921년 5월 11일 새벽 사망.-

  천택이 전보를 보더니 주저앉았다.

  "아, 재혁이가. 어무이 재혁이가예. 끝내…갔습니더."

  "천택아, 우리 혁이가! 아이고 아이고! 어디에 있더라도 살아만 있어 달라 했거늘……. 우리 혁이가 기어코, 하늘이 무너지는구나."

  천택이 어머니를 모시고 급히 대구로 갔다. 재혁이 마지막으로 한 말이 자꾸 떠올랐다.

  "내 뜻을 다 이루었으니 지금 죽어도 아무런 한이 없다. 왜놈의 손에는 절대로 죽지 않을 것이다. 이는 나와 나라를 욕보이는 일이다."

조국을 위해 불꽃처럼 산화한 27세의 젊은이가 가마니에 덮여 형무소 한쪽 나무 아래 널브러져 있었다. 그 나무는 재혁이 창밖을 보며 조국의 앞날을 그려보던 나무였다.

'우리나라도 저 나무처럼 파릇파릇 생기 돋는 봄날이 오겠지요? 저 새소리처럼 이야기하는 날이 오겠지요?'

나무 아래, 재혁은 싸늘한 주검이 되어 누워 있었다. 마치 나무를 위한 거름처럼……. 여전히 나무에는 새들이 깃들었고 파릇파릇한 잎들이 무성했다. 사형집행을 며칠 앞둔 날이었다.

천택은 대구형무소에서 재혁의 주검을 인수하여 5월 14일 오후 범일동에 있는 부산진역에 도착하였다. 1920년 9월 14일. 적의 심장인 부산경찰서에 폭탄을 던진 그날로부터 8개월 만인 1921년 5월 14일에 재혁은 싸늘한 주검으로 부산진으로 돌아왔다. 일본경찰들은 부산진으로 돌아온 재혁의 주검까지도 두려워했다. 항일투쟁을 했던 동지들이 역에 미리 나와 있었다. 젊은 애국지사가 죽었다는 소식을 들은 부산진 사람들은 역으로 몰려들었다. 이들은 재혁과 같은 동네에 살았던 범일동 사람들과 좌천동 사람들이었다. 그러나 일본경찰의 제지로 물러나야 했다.

장례는 일본의 삼엄한 감시 아래 치러졌다. 가족도 남자 2명과 여자 3명만 참여하게 했고, 입관 때에도 인부 2명만 쓰게 하여 외부인이 참여를 못하게 철저하게 감시했다. 재혁은 부산진 좌천동 공동묘지에서 묻혔다.

일제 치하인지라 20여 년 동안 묘비에는 의사(義士)란 글자를 쓰지 못하고 '고 박재혁지묘'라고 쓴 나무비가 서있었다. 해방이 되자 박재혁 의사를 기리기 위해 정공단에 합사되었다가 1969년 4월 동작동 국립묘지에 안장되었다. 나라에서는 박재혁 의사의 공훈을 기리어 1962년 건국훈장 독립장을 추서하였다.

박재혁 의사가 부산경찰서 폭파 전날 밤, 자신에게 되묻던 말들이 새삼 들려온다.

"나에게 내 의지를 지탱하고 죽음의 두려움도 모두 덮어버릴 수 있는 그 무엇이 있는가?"

"그렇다. 내겐 애국심보다, 강철같은 의지보다 더 큰! 부드러운 감성이 타오르고 있다. 그것은 죽음도 그 어떤 두려움도 모두 덮어버릴 수 있는 가슴 뭉클한 뜨거운 인간애인 것이다."

대구 형무소에서 순국한 박재혁 의사의
주검이 도착한 부산진역(범일동)

박재혁 의사가 1969년까지 묻혀있던 좌천동 공동묘지

작가의 말

　일제강점기는 오천 년 역사를 가진 우리 민족에게 가장 가슴 아픈 시기였고 지금도 우리를 슬프게 하고 있습니다. 이 시기에 많은 독립 운동가들은 나라를 되찾으려고 일본제국주의와 맞서 싸웠습니다. 오로지 나라를 되찾겠다는 일념으로 가족을 뒤로한 채 자신의 목숨까지 바쳐가며 독립을 위해 애를 썼습니다.

　여러분, 박재혁 의사를 아시나요?

　1920년 9월 14일 오후 2시를 넘은 시각. 부산경찰서 서장실에서 천둥과 같은 소리가 터져 나왔습니다. 순간, 고막이 터질 듯한 굉음소리는 1층 천장을 뚫고 2층 창문까지 모조리 박살을 내며 밖으로 퍼져 나왔습니다. 굉음과 함께 화약 냄새와 연기도 새어 나왔습니다.

　"부산경찰서장 하시모토, 당신을 우리 대한의 이름으로 처단한다. 당신이 죽어야 하는 이유는 이 나라의 독립투사들을 괴롭히고 우리의 피를 빨아먹은 죄다."

　의열단원 박재혁 의사가 부산경찰서장에게 폭탄을

던지며 한 말입니다. 박 의사는 폭탄 파편에 맞아 병원에 실려가 모진 고문을 받으며 재판을 받았습니다. 끝내 사형선고를 받아 대구 형무소에서 일본의 손에 죽기 싫다며 단식하다 순국하였습니다.

　27세의 짧은 생애를 살다간 박재혁 의사! 나라를 위해 큰일을 하고 갔지만 그의 흔적을 찾기는 쉽지 않았습니다. 많은 책과 자료들 속에서 '박재혁 찾기'에 나섰습니다. 여러 곳에서 찾은 그를 퍼즐 맞추듯이 하나하나 맞춰 나갔습니다. 그는 독립운동가이기 전에 어머니를 사랑하는 아들이었고 나아가 여린 생명을 사랑하는 사람이었습니다. 박 의사의 혁명가 기질은 의협심보다 애국심보다 앞선, 그의 가슴 속에 따뜻한 인간에 대한 사랑이 넘쳐흘렀기 때문이라 말하고 싶습니다.

　나라가 풍전등화와 같은 시기에 이러한 선열들의 삶이 있었기에 지금 우리는 우리 땅에서 우리 말과 우리 얼을 지키며 살아가고 있습니다.

　이 책이 여러분에게 어떻게 다가갈지 궁금합니다. 이 시대를 살아가는 여러분들이라면 먼저 자기 자신을 진정 사랑하기를 바랍니다. 그래서 이웃을 사랑하고 여린 생명을 사랑하고 정의로움을 사랑했으면 좋겠습니다. 또 무엇을 위해 살 것인가에 대해 스스로에 대한 물음은 가져보길 바라는 마음 간절합니다.

잊혀져 있던 박재혁 의사를 우리와 함께하는 세상으로 나올 수 있게 해주신 분들께 감사드립니다. 글에 대해 용기를 주신 명지대 박철규 교수님, 꼼꼼하게 사진 고증을 해주신 부경근대사료연구소 김한근 소장님, 개성고등학교역사관 관계자와 박재혁 의사 이손녀 김경은님에게 고마운 마음 전합니다.

2018년 한겨울,
모진 추위에도 향기를 팔지 않는 매화를 생각하며
안 덕 자

깊이 보는 역사
박재혁 이야기

- 박재혁 연보
- 사진 속 역사 들여다보기

박재혁 연보

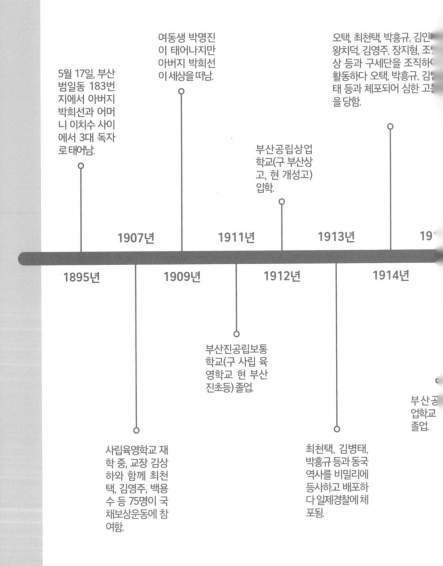

여동생 박명진이 태어나지만 아버지 박희선이 세상을 떠남.

오택, 최천택, 박흥규, 김인 왕치덕, 김영주, 장지형, 조 상 등과 구세단을 조직하 활동하다 오택, 박흥규, 김 태 등과 체포되어 심한 고 을 당함.

5월 17일, 부산 범일동 183번지에서 아버지 박희선과 어머니 이치수 사이에서 3대 독자로 태어남.

부산공립상업학교(구 부산상고, 현 개성고) 입학.

1907년

1911년

1913년

19

1895년

1909년

1912년

1914년

부산진공립보통학교(구 사립 육영학교 현 부산 진초등) 졸업.

부산공 업학교 졸업.

사립육영학교 재학 중, 교장 김상하와 함께 최천택, 김영주, 백용수 등 75명이 국채보상운동에 참여함.

최천택, 김병태, 박흥규 등과 동국 역사를 비밀리에 등사하고 배포하다 일제경찰에 체포됨.

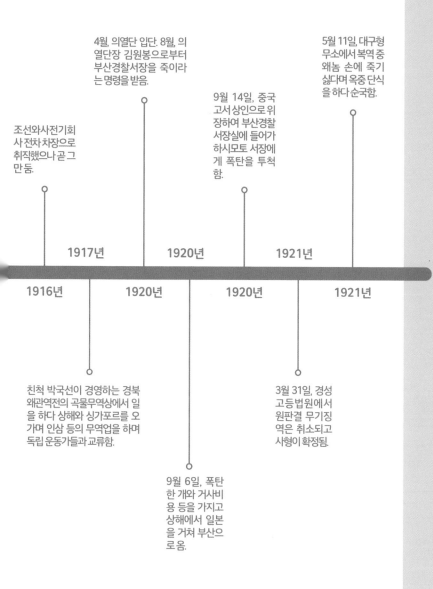

4월, 의열단 입단. 8월, 의열단장 김원봉으로부터 부산경찰서장을 죽이라는 명령을 받음.

5월 11일, 대구형무소에서 복역 중 왜놈 손에 죽기 싫다며 옥중 단식을 하다 순국함.

9월 14일, 중국 고서 상인으로 위장하여 부산경찰서장실에 들어가 하시모토 서장에게 폭탄을 투척함.

조선와사전기회사 전차 차장으로 취직했으나 곧 그만둠.

1917년

1920년

1921년

1916년

1920년

1920년

1921년

친척 박국선이 경영하는 경북 왜관역전의 곡물무역상에서 일을 하다 상해와 싱가포르를 오가며 인삼 등의 무역업을 하며 독립 운동가들과 교류함.

3월 31일, 경성 고등법원에서 원판결 무기징역은 취소되고 사형이 확정됨.

9월 6일, 폭탄 한 개와 거사비용 등을 가지고 상해에서 일본을 거쳐 부산으로 옴.

박재혁 의사와 최천택 선생

형제처럼 우애있게 지냈던 박재혁과 최천택.
부산경찰서 투탄 하루 전에 찍은 사진

©개성고등학교

보통교과 동국역사 1권

역사 선생님을 찾아가 받은 보통교과 동국역사. 재혁과 천택은 인쇄 후 부산공립 상업학교 학우들과 인근 학교 학생들에게 배포했다.

©e뮤지엄

등사기

동국역사를 인쇄한 등사기와 같은 등사기

©공공누리

정공단에 있던 박재혁
의사 추모비를 1981
년 모교인 부산진초등
학교로 옮겼다.

©개성고등학교

정공단

임진왜란 당시 부산진성을 지키다 순절한 정발장군을 기리는 제단

©부경근대사료연구소

박재혁 의사 묘소

1921년 부산진 좌천동 공동묘지에 묻혔다가 해방 후 정공단에 합사되었다. 현재는 국립서울현충원에 안장되어있다.

박재혁 의사 동상

부산어린이대공원에 있다.

부산부청과 부산경찰서

박재혁 의사가 서장실에 들어가 폭탄을 던진
부산경찰서 (오른쪽), 부산부청(가운데)

©사진엽서로 보는 근대풍경, 부산박물관, 민속원

자성대성과 영가대

이성린李聖麟, 사로승구도槎路
勝區圖(1748년경)중 영가대를
확대한 모습. 영가대 앞까지
성곽이 이어져 있고 동문앞
에는 민가들이 있음을 알 수
있다.

©국립중앙박물관

부산지방법원

박재혁 의사가 1심재판을 받던 부산지방법원

ⓒ부경근대사료연구소

자성대 어제와 오늘

부산시 동구 범일동에 있는 조선시대 부산진성의 지성인 자성대의 전경이다. 부산진시장 건너편 동쪽의 야트막한 산에 위치하며, 현재 자성대의 성곽은 왜성의 형태로 경사져 있으며 2단의 성벽이 남아 있다.

ⓒ부경근대역사사료연구소, 한국향토문화전자대전 (한국학중앙연구원)

영가대 어제와 오늘

영가대 일대의 옛모습과 자성대로 옮겨와 새로 지은 현재의 영가대. 조선 통신사가 일본으로 떠나기 전 해신제를 지내던 곳이다.

ⓒ부경근대역사사료연구소, 한국향토문화전자대전 (한국학중앙연구원)

댕기장수와 배를 만드는 목수

ⓒ사진엽서로 보는 근대풍경, 부산박물관, 민속원

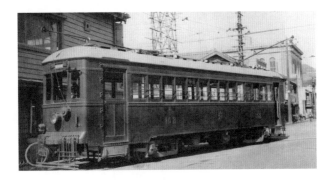

1910년대 중반의 전차

ⓒ부경근대사료연구소

1920년대 자성대 마을 박재혁 생가 주변

ⓒ부경근대사료연구소

1908년경 자성대 서문 앞 풍경 (장날)

박재혁 의사가 학교를 다 닐 때 걸었던 길

ⓒ부경근대사료연구소

조선와사주식회사

박재혁 의사가 잠시 취직했던 전차회사

©부경근대사료연구소

박재혁의사 의거 부산일보 호외

1920년 9월 14일 발행

©부경근대사료연구소

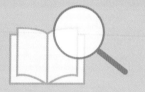

┃참고한 책과 자료

- 『도보독립혈사』제2권, 「박재혁의사 편」서울문화정보사, 단기 4283년
- 『기려수필』제1권·제3권 송상도 저, 강원모 외 옮김, 문진, 2014
- 『부산출신독립투사집』김삼근 편저, 태화인쇄사, 1982
- 『열사의 노래』김정민 엮음, 비단길, 2013
- 『약산과 의열단』박태원 저, 깊은샘, 2000
- 『약산김원봉』이원규 저, 실천문학사, 2005
- 『이회영과 젊은 그들』이덕일 저, 고양, 2009
- 『한국의 레지스탕스』조한성 저, 생각정원, 2013
- 『깊은 산 먼 울림』김홍주 저, 배달, 1993
- 『부산의 3·1운동과 항일독립운동의 재조명』학술대회 자료집, 부산시시사편찬실,
  세종문화사, 2018
- 「3·1운동 직후 부산지역의 의열투쟁-박재혁의 부산경찰서 투탄을 중심으로」
  발표문, 박철규(명지대), 2018
- 「부산역사문화대전」
- 「국가보훈처-독립운동가 자료실」
- 「최학림의 잡설 부산사」부산일보, 2017. 11. 23
- 「박재혁 의사 이손녀 김경은 개인소장 자료」

┃사진자료 제공

- 국립중앙박물관
- 부산박물관. 민속원
- 한국향토문화전자대전, 한국학중앙연구원
- 부경근대사료연구소
- 개성고등학교
- 공공누리
- e뮤지엄

부산경찰서 폭파의거

박 재 혁

ⓒ 2018, 안덕자

기 획	(사)부산민주항쟁기념사업회
지은이	안덕자
초판 1쇄 발행	2018년 12월 03일
3쇄 발행	2019년 07월 22일
펴낸곳	호밀밭
펴낸이	장현정
편 집	박정오
디자인	추주희
마케팅	최문섭
등 록	2008년 11월 12일 (제338-2008-6호)
주 소	부산 수영구 광안해변로 294번길 24 B1F 생각하는 바다
전 화	070-7701-4675
팩 스	0505-510-4675

Published in Korea by Homilbat Publishing Co, Busan.
Registration No. 338-2008-6.
First press export edition December, 2018.

ISBN 979-11-965728-2-2 (43810)

※ 가격은 겉표지에 표시되어 있습니다.
※ 이 책에 실린 글과 이미지는 저자와 출판사의 허락 없이 사용할 수 없습니다.
※ 본 도서는 (사)부산민주항쟁기념사업회의 <인물로 만나는 '부산정신' 동화 만들기>
　사업의 일환으로 일부 지원을 받아 제작되었습니다.